Nana Chiu

Das Herz der Meerjungfrau

Impressum

http://www.tensual.de

ein Imprint von dead soft verlag, Mettingen

Cover: Irene Repp
http://www.daylinart.webnode.com

1. Auflage
ISBN 978-3-946408-15-4
ISBN 978-3-946408-16-1 (epub)

Für X.

Mit besonderem Dank an alle Magierinnen, Schamaninnen, Elementare und Geister,

die Lex' Welt bunter und schöner gemacht haben:

V.

Claudia

Lemy

Nils

G. N.

Sirius + Momiji

und die unglaubliche Nora

Feuer und Blut

Es war kurz vor Mitternacht, als ein fremder Tarnzauber sich über Tserings Haus legte. Er verschluckte die Geräusche der Nachbarn, schnitt den Klang von Feuerwehrsirenen ab. Der Kühlschrank dröhnte viel zu laut in der anschließenden Stille. Der Ventilator. Ihr eigener Herzschlag. Jemand war auf dem Weg zu ihr und brachte ein Geheimnis mit, das nicht für menschliche Augen gedacht war.

Sie wusch sich seufzend die Gewürze von den Händen, deckte das marinierte Gemüse zu und stellte es in den Kühlschrank. Danach wartete sie, folgte mit dem Blick den Runden des Sekundenzeigers. Wie von selbst fanden ihre Finger die Stelle an ihrem Rock, an der die Stickerei ausgefranst und fast samtig war, und rieben darüber. Sie war zu alt, um nervös zu sein. Sie hatte so viel erlebt, so viel verloren und *gefühlt*, dass nur noch Gleichgültigkeit übrig sein sollte. Aber dann klingelte es an der Tür und es war Mitternacht und die Luft stank plötzlich nach Magie und Rauch. Warum fühlte sie immer noch so viel?

Sie kannte den jungen Mann vor ihrer Tür, aber ihr Herz schlug deshalb nicht leiser. „Jian?“

Jian grunzte bloß zur Antwort und stieß mit seiner Schulter die Tür weiter auf. Hitze schlug ihr ins Gesicht, versengte ihre Wimpern. Sie trat instinktiv zurück und verriegelte die Tür. Der Geruch von verbranntem Fleisch füllte ihre kleine Wohnung, als stünde sie vor den Essensbuden auf dem Markt. Sie hielt sich den Ärmel vor Mund und Nase.

Was auch immer Jian auf den Armen trug, hatte ihm die Kleidung vom Oberkörper gebrannt. Der tätowierte Drache – Jians Schutzgeist – wand sich unversehrt auf seiner verrußten Haut, als Jian seine Last, einen menschlichen Körper, auf dem gefliesten Boden ablegte. Zwei Schatten, gerade noch so dicht wie Rauch, erschienen daneben. Es mussten Schutzgeister sein und auch sie starben.

„Wird sie überleben?"

Sie? War es nicht ein Mann? Die Fragen lösten sich in ihrem Mund auf, bevor Tsering sie aussprechen konnte. Sie blickte von Jians verrußtem Gesicht zu dem verbrannten Mann auf dem Boden, dessen Gesicht nur noch eine blutige Masse war. Er öffnete die Augen und offenbarte ein mattes Blau in all dem Rot und Schwarz. *Wie kann er immer noch bei Bewusstsein sein?*

Ein Teil von ihr schalt sie dumm. Jener Teil, der die verbrannten Gesichtszüge und die Linie der Lippen erkannt hatte – wie man Dinge wiedererkennt, die man jahrzehntelang angesehen, aber nie berührt hat. Warum hatte sie nicht schon früher daran gedacht? Sie hatte doch von dem Feuerelementar gehört! Die ganze Welt hatte es! Aber sie hatte angenommen, es wäre nur ein Kind, das mit Feuer spielt, nicht selbst Feuer war. Und natürlich hatte sie nicht daran gedacht, dass Qarin als Frau wiedergeboren werden könnte. Wie die Perlen an ihrer Gebetskette zählte sie mit angehaltenem Atem all die Momente ab, die sie bis hierher, ausgerechnet nach Hongkong, ausgerechnet zurück zu Qarin, geführt hatten.

„Âyí?“ Jians Hand an ihrem Arm zitterte. „Wird sie es schaffen?“
Tsering schnaubte. Sie konnte es nicht leiden, wenn Jian sie so anredete. Sie war zu alt, um noch als ‚Tante‘ angesprochen zu werden. „Ich weiß es nicht“, log sie. Betrachtete das Feuer, das sich aus Qarin herausfraß, sich gegen ihn richtete. Nur ein Fluch konnte die Macht eines Elementars dazu bringen, sich gegen den eigenen Träger zu richten. Und dieser Fluch war so grundlegend und roh, wie ihn nur ein Equalizer schaffen konnte. Oder ein gebrochenes Herz …
Es tat weh, den Blick von Qarin zu lösen. Vielleicht war es nur ein Traum. Vielleicht wurde sie doch auf ihre alten Tage senil, bildete sich nur ein, ihn in dem Feuerelementar zu sehen. Und wenn sie ihn wieder ansehen würde, würde sie feststellen, dass sie sich geirrt hatte und bloß ein Fremder dort lag, nicht Qarin.
Sie blickte trotzdem Jian an. Konnte er den Fluch ausgesprochen haben? Sein Drache wand sich pulsierend um seinen Oberkörper, rieb seine Schnauze an Jians zitterndem Kinn. Oder hatte der Feuerelementar ein Verbrechen begangen und die Strafe des Equalizers erfahren? Aber wäre er dann noch am Leben?
„Wer hat ihn verflucht?“
Jian schloss kurz die Augen. „May. Sie haben miteinander …“ Er brach verschämt ab, wie ein Kind, das beinahe ein Schimpfwort vor seinen Eltern gesagt hätte. „May wusste nicht, dass es Lex war.“
Wenn man lange genug die Menschen beobachtet hatte und selbst einer war, war es nicht schwer zu begreifen, was

genau vorgefallen war. Qarin war also so dumm gewesen, mit beiden Drachenzwillingen zu schlafen? Der Schmerz durchwühlte ihr Herz, aber sie trampelte das Gefühl nieder. Auch für Eifersucht sollte sie längst zu alt sein …

„Âyí, bitte, ich muss zurück zu May."

„Ich werde schauen, was ich tun kann", versprach sie.

„Danke, Âyí." Jian drückte kurz ihren Arm und verließ ihre Wohnung. Ohne ein einziges Mal zurückzublicken. Nur der Drache sah dem Feuerelementar nach. Seine schwarzen Augen spiegelten das Licht wider, als ein neuer Feuerschwall hinter Tsering explodierte.

Hoffentlich ist er jetzt bewusstlos.

Das Meerjungfrauenblut sank zischend in die geschwärzte Masse aus Knochen und Fleisch, überzog sie millimeterweise mit neuem Gewebe und Haut. Und Tsering betete und sang und stach mit der Nadel Tinte in die neu entstandene Haut, tränkte sie wieder mit seinem Blut. Punkt um Punkt, Zeichen um Zeichen, Beschwörung um Beschwörung. *Lass ihn leben, leben, leben, leben* … Bis das erste Siegel vollendet und Qarins Körper mehr *sie* als *er* war.

Sie empfand keine Reue bei diesem Anblick. Es war bloß eine weitere Hülle, die sie die kommenden Jahre nur ansehen und nie berühren würde. Das Feuer schoss im Takt seines Herzschlags durch das Siegel nach draußen – nur ein Druckventil einer Dampfmaschine, die jetzt später statt früher explodieren würde.

Die Schutzgeister schliefen zusammengerollt neben Qarins Kopf. Zwei Katzen, die eine gewoben aus Licht, die andere aus Dunkelheit. Obwohl Tsering die beiden nicht kannte,

liebte sie sie aus dem einfachen Grund, dass sie Qarin genug liebten, um mit ihm sterben zu wollen.
Manchmal war er wach und flüsterte Namen. *Jian* und *May*. *May*, *May*, *May* … Tsering biss sich dann in ihre Lippen, bis sie bluteten, um Qarins Namen nicht zu flüstern. Den trug er ohnehin nicht mehr.

Drei weitere Siegel später blickte sie auf das heile Gesicht des Feuerelementars und schloss sich im Badezimmer ein. Und dann sank sie auf die kalten Fliesen und lachte. Lachte, bis ihr die Tränen die Wangen hinabliefen und ihre Schluchzer von den Kacheln widerhallten.
Sie war so dumm gewesen. So arrogant. Wenn sie sich schon früher nach dem Feuerelementar erkundigt hätte, hätte sie Qarin auf den Bildern erkannt. Sie hätte Jian bloß um ein Foto zu bitten brauchen! Und jetzt … Wie viele Jahre waren es, die sie ohne Magie und in Trauer um ihn verbracht hatte? Auf der Suche nach einem Lebenszweck und Frieden? Alle unwiederbringlich verloren.
So viel Zeit, die sie hätten zusammen verbringen können. Mit … Sie probierte endlich den neuen Namen. Mit *Lex* …
Sie zog sich am Waschbecken hoch, wusch sich das Gesicht und schloss die Augen. Gedanken explodierten in ihrem Kopf, Feuerwerkblumen aus Panik und Hoffnung.
Der Zauber hat funktioniert!
Ich habe ihn wieder.
Was habe ich getan?
Wenn der Equalizer erfuhr, dass sie den Kreislauf der Wiedergeburten gestört hatte …

Sie öffnete die Augen und ein ganzes Jahrhundert schien für Sekunden von ihr abzufallen. Ihr Spiegelbild erschien ihr genauso jung wie Jian. Wie … *Lex*.
Wenn der Equalizer es jemals erfuhr, würde sie die Strafe mit offenen Armen empfangen und lächelnd sterben!

1

Âyís Auftrag war so lächerlich einfach gewesen, dass Lex zu einer anderen Zeit beleidigt abgelehnt hätte: Den Jungen vom Flughafen abholen und zu der Schamanin bringen. Sie hatte Lex nicht einmal einen Namen verraten – *Er kennt dich* – und ihr bloß einen Ring in die Hände gedrückt. Der Ring war zur Sicherheit da, ein Passwort, das sie dem Jungen geben sollte, damit der mit ihr und nicht irgendwelchen fremden Männern ging. Lex hatte mal Dämonen gejagt und Traumfresser abgeschlachtet. Dagegen etwas mehr Geld mit Babysitten zu verdienen, statt Kräutermischungen zu verkaufen und Âyí auf der Tasche zu liegen, klang wortwörtlich nach Kinderkram.

Nun presste Lex sich gegen die Führerkabine der Fähre, als erneut ein Kugelhagel übers Deck prasselte. Sie hätte es besser wissen müssen!

Alles, was sie von dem Kind gesehen hatte, war ein schmächtiger Rücken und ein Schopf dunkler Haare zwischen zwei Frauen, die den Jungen viel zu schnell durch die Menge lotsten. Nur dadurch waren sie Lex überhaupt aufgefallen, nachdem sie am Gate kein wartendes Kind gefunden hatte. Und war das nicht ein cleverer Trick? Wenn man an Kindesentführung dachte, stellte man sich schmierige Typen in vergilbten Unterhemden und einem Van vor, nicht zwei Frauen mit Chanel-Handtaschen in einem Mercedes.

Lex hatte dem Taxifahrer ihr ganzes Bargeld geben müssen, um 20 Minuten *Fast & Furious: Hong Kong* zu spielen und dann doch auf einer Fähre zu landen. Sie hatte weder die

Frauen noch den Jungen an Bord gehen sehen, aber die Artillerie, die sie begrüßt hatte, kaum dass Lex ihren Fuß auf die Fähre gesetzt hatte, sprach für sich. Sie fuhr mit den Fingern ihre Ohrmuscheln entlang. Fünf Stecker pro Ohr, insgesamt zehn Diamanten und ein Transportzauber in ihrer Tasche … Wenn sie nur wüsste, wo der Junge genau war, könnte sie es schaffen.

Der Kugelregen brach ab und Lex rutschte rückwärts zu der anderen Bootsseite. Sie sollte schnell außen an der Seite hochklettern, um auf das obere Deck zu gelangen. Jemand griff nach ihrer Schulter. Während sie noch einen Schutzzauber formte, traf eine fleischige Faust ihre Nase. Sie hörte überdeutlich das Knarzen, Schmerzensblitze zuckten durch ihren Schädel. Blut ergoss sich über ihren Mund und auf ihr T-Shirt. Dem Blut folgte Feuer, brannte sich durch ihre Nase nach draußen, versengte ihr Gesicht.

Der Schläger stolperte mit einem Aufschrei zurück und knallte auf seinen Hintern. „D-du …?“

Lex spuckte Blut und Plasma auf das zerschossene Deck und stand auf. Sie hatte die Schnauze voll! „Ich!“, zischte sie ihm entgegen. Das Feuer kroch viel zu heiß über ihre Unterarme, leckte an den Ärmeln ihrer Lederjacke. Der Schmerz trieb ihr Tränen in die Augen. Sie musste weg hier.

„Wo ist er?“, fragte sie und schleuderte dem Mann etwas von dem Feuer entgegen, das ihr unablässig aus den Unterarmen floss. Es war fast wie früher, als sie es noch kontrollieren konnte. Nur hätte es früher niemals wehgetan. „Wo ist der Junge?“

Der Mann kreischte schrill auf und rutsche von den Flammen weg, die nach seinen Beinen griffen. Ein dunkler Fleck blühte auf seiner Hose auf. „Nicht hier", quietschte er.
Durch das Rauschen in ihren Ohren hörte Lex das Nachladen von Waffen. Sie hatte keine Zeit, um das Boot zu durchsuchen und zu überprüfen, ob der Mann wirklich die Wahrheit sagte. Sie zerbrach den Stab in ihrer Tasche und der Teleportationszauber ergoss sich über sie, brachte sie auf die Insel, direkt auf das Dach des *Maritime Museums.*

Dieses Feuer würde die Forensik später nicht erklären können. Lautlos floss es über die Fähre und schluckte genauso leise jedes freie Stück der Schiffsoberfläche. Erst als es sich in das Metall zu fressen begann, erklang ein Knarzen und Knistern. Eine Gestalt – nur ein schwarzer Strich gegen das Leuchten – stürzte sich in das rettende Wasser, bevor andere folgten.
Lex wischte sich das Blut vom Mund und fluchte. Diese Idioten mussten natürlich herumballern und ihr die Nase brechen! Und wofür das Ganze? Der Junge war offenbar nicht einmal auf der Fähre gewesen. Hatte sie das falsche Auto verfolgt? Wer waren dann die Typen, die auf sie geschossen hatten?
Lex trat gegen eine zerknüllte Plastikflasche, die im hohen Bogen im Wasser landete. Vom Festland kreischten die Sirenen der Wasserpolizei auf und ein winziges Rettungsboot näherte sich dem Inferno. Âyí würde auf ihre alten Tage noch einen Herzinfarkt kriegen, wenn sie morgen die Schlagzeilen sah.

Auf der leuchtenden Wasseroberfläche bewegten sich immer noch Figuren, schwammen zu dem Rettungsboot. Lex hätte zu gerne mitgehört, wie die Schläger der Polizei den Feuerausbruch und ihre Waffen erklärten. Eine der Gestalten driftete immer weiter von Feuer und Boot weg. Sie bewegte sich ruckartig, verschwand für ein paar Sekunden unter der Wasseroberfläche. Lex war Vieles, aber keine Mörderin. Sie hatte gehofft, dass die Magie sich mit zwei oder drei Edelsteinen zufriedengeben würde, aber der Wunsch, der Fremde möge auf jeden Fall überleben, kostete sie all ihre verbliebenen Diamanten.

Mawu schlängelte sich maunzend um Lex' Bein und stieß mit seinem schwarzen Kopf dagegen. Liz war weniger geduldig als der andere Kater und schlug seine Krallen in Lex' Oberschenkel.

„Ja, ja, ich weiß!“ Lex zog vorsichtig ihre Jacke aus und ließ die Funken ihres brennenden T-Shirts in den Nachthimmel aufsteigen. Der Geruch des verbrannten Stoffs hüllte sie ein. Diesmal verband sie weder Gefahr noch Tod damit. Und wie lange war *das* her?

Sie schluckte die Erinnerungen hinunter und legte die Jacke auf die Erde. Strich das Pentagramm glatt, das in die Jacke eingenäht war. Dann legte sie den Ring und die Räucherstäbchen darauf. Das wunderbar kalte Feuerzeug hielt sie einen Augenblick nur in der Hand. Das Verlangen nach einer Zigarette setzte sich als weiterer nagender Schmerz in ihrer Brust fest. Diese Nacht schrie inzwischen nach mehreren Packungen und einer Flasche von Âyís Selbstgeranntem.

„Na, komm …“

Die Räucherstäbchen zitterten, jede Spitze ein glühendes Pixie-Auge. Die Magie akzeptierte zum Glück das frische Blut aus Lex' gebrochener Nase als Opfer und schluckte es gierig. Sie verzog das Gesicht, als ihre Nase noch schmerzhafter zu pochen begann. Der Rauch stieg in Fäden auf, rollte sich ein, wurde zu Tintenwolken im Wasser. Lex wartete auf das Flüstern der Ahnen. Aber sie hörte nur das Feuer und die Sirenen und der Rauch löste sich auf.

„Unmöglich!" Mawu neigte den Kopf, seine Augen leuchteten unnatürlich grün auf. Liz schnatterte unzufrieden, worauf Mawu etwas antwortete. Die beiden klangen, als würden sie etwas besprechen.

Sie warf die Räucherstäbchen ins Wasser. Es *war* unmöglich. Die Ahnen fanden sonst immer eine Spur. Es sei denn, der Junge war inzwischen tot. Sie tastete ihre Nase ab. Nicht unwahrscheinlich bei dieser Art von Entführern. Aber wozu sich so viel Mühe machen, um das Opfer dann doch zu töten? Das würde Âyí das Herz brechen. Zum Glück war es zu früh, um die schlechten Nachrichten zu überbringen. Lex konnte damit noch bis zum Morgen warten.

Die beiden Schutzgeister liefen voraus, weg vom Hafen und dem Tosen des Feuers. Die nassen Straßen spiegelten dessen Leuchten, hinter den Fenstern erschienen die geisterhaften Schatten von Menschen. Hongkong schlief nie. Es war ein riesiges Tier, das sich nur hin und her wälzte. Jederzeit bereit, aufzuspringen. In der schwülen Luft hingen die Gerüche des vergangenen Tages und das verschlafene Murmeln des Morgens verfing sich bereits darin.

Aus einer Seitenstraße dröhnte dumpf der Bass einer Bar. Musik explodierte in einer Wolke, als die Türen geöffnet wurden, gefolgt von den Stimmen und dem Glöckchengelächter junger Frauen. Liz und Mawu wechselten die Straßenseite und Lex tat es ihnen nach. Gerade rechtzeitig, bevor die Gruppe klackernd herauskam. Das Laternenlicht verfing sich in den bunten Fischschuppen ihrer Kleider und Röcke. Die Frauen sahen herüber und strichen sich die Haare aus dem Gesicht, jede Geste perfekt choreografiert. Sie verbargen ihr Gelächter hinter bunten Cocktailfläschchen und Handtäschchen und ihre Augen glitzerten mit ihren Kleidern um die Wette.

Bemerkten sie nicht die verbrannte Kleidung und das Blut?

Lex ging weiter, immer Liz' leuchtendem Rücken nach.

Plötzlich verstummten die Frauen.

„Das ist ja gar kein Mann", flüsterte eine. „Aber ich dachte …"

Ihre Begleiterinnen zischten sie an.

„Du weißt nie bei Ausländern."

Lex blickte zurück und fing einen neugierigen Blick auf. Die junge Frau wandte sich sofort ab, nahm einen Schluck aus ihrer Flasche und begann zu husten.

Lex lächelte fast. Frauen waren in dieser Hinsicht schon immer unkomplizierter als Männer gewesen. Weniger darauf fixiert, was Lex zwischen den Beinen hatte. Oder eben nicht. Sie klopfte das Feuer am Saum ihres T-Shirts aus. Natürlich nicht alle Frauen …

Zu Hause brannte das T-Shirt immer noch. Lex warf es in das Waschbecken, während das Wasser unerträglich

langsam die Badewanne füllte. Gegen schlechten Wasserdruck half auch Magie nicht weiter.
Sie kaute an einem Eiswürfel und sah sich den Briefumschlag mit der Handschrift ihres Onkels an. Hatte er von Lex' Fluch erfahren? Von ihrer Trennung? Sie überflog die wenigen Zeilen auf dem Blatt, das um ein Foto gewickelt war.
Sie enthielten weder Mitleid noch Bitten nach Hause zu kommen. Nur die Bekanntmachung der Aufnahme eines neuen Lehrlings. Ihr Onkel war schon immer so korrekt gewesen. Lex studierte die Züge der jungen Frau auf dem Bild. Die einzige Fremde zwischen all den anderen Gesichtern, die sie noch von dem letzten Besuch bei ihrem Onkel kannte. Sie war vermutlich ein Wasserelementar, wobei die auf Bildern immer schwer von Luftelementaren zu unterscheiden waren. Lex warf das Foto und den Brief zu den Spinnen hinter der Waschmaschine, damit sie beides nicht mehr anzusehen brauchte.

Die letzten Eiswürfel klinkerten gegen den Badewannenrand, warteten auf ihren Tod. Das Wasser zischte immer noch, wenn es gegen das Siegel an Lex' Brust schwappte. Aber sie war zu müde, um eine neue Packung Eis zu holen. Sie starrte zur Decke hinauf und wartete darauf, dass das eiskalte Kondenswasser endlich herabregnen würde. Morgen stand ihr bei Âyí die Beichte über ihr phänomenales Versagen bevor. Wie sie den Jungen verloren und eine ganze Fähre abgefackelt hatte. Man konnte ihr offenbar nicht einmal die einfachsten Aufträge zutrauen. Über das Schicksal des Jungen wollte sie erst gar nicht nachdenken. Sie suchte nach Worten, die es irgendwie erträglicher machen würden – sie alle schmeckten bitter und kalt.

Nachdem der letzte Eiswürfel geschmolzen war, drehte Lex das kalte Wasser auf. Nur war es natürlich nie kalt genug. Sie sah zu ihrer Jacke, die sie neben der Waschmaschine fallengelassen hatte und in deren Tasche die eingeschweißte Zigarettenpackung lag, die sie noch vor einem Jahr gekauft hatte. Sie musste nur die Hand ausstrecken. Dann wäre es endlich vorbei … Ihr Körper war gerade so schwach, dass ein Zug das Fass zum Überlaufen bringen würde. Das Feuer würde sie ausbrennen, bis nur noch Asche übrigblieb.

Sie schloss die Augen. Wenn sie schon sterben sollte, dann bestimmt nicht wegen einer Zigarette, in einer Badewanne, in einem fremden Land.

2

Das Wasser schwappte aus der Badewanne und flutete den Boden. Lex schlug hustend die Augen auf und hielt sich am Wannenrand fest. Die Schutzgeister starrten sie mit ihren Juwelenaugen an, bevor sie amüsiert schnatterten. Lex hatte nicht die Kraft, irgendetwas nach ihnen zu werfen. Sie fiel auf die kalten Badezimmerfliesen und versuchte vergeblich ein Handtuch zu erreichen. Was für eine Art, aufzuwachen!
Liz hatte irgendwann Erbarmen und legte sich zu ihr auf den Boden. Er brummte angesichts des ganzen Wassers, das Lex auf die Fliesen gespritzt hatte, und machte es sich bequem. Das Sonnenlicht, das sein weißes Fell gespeichert hatte, erwärmte Lex' taube Haut. Sie hörte den Geräuschen aus dem Treppenhaus zu, den eiligen Schritten von Kindern auf dem Weg zur Schule, den vorbeiziehenden Autos und Fahrradklingeln. Es war früh am Morgen, Âyí wartete bestimmt schon. Bei diesem Gedanken erwachte ihr Magen zum Leben und knurrte schmerzhaft. Sie hatte es trotzdem nicht eilig, denn sie hatte keine Lust, der alten Frau von der letzten Nacht zu erzählen.
Etwas knallte auf den Boden – der Tiegel mit ihrer Heilsalbe. Mawu sprang ihm hinterher und schob ihn mit einer Tatze in Lex' Reichweite. Sie kraulte zittrig die beiden Katzen, bevor sie die Salbe auftrug. Diese vereiste die verbrannte Haut um ihre Tätowierungen. Lex blieb für ein paar Minuten die Luft weg. Sie wartete, bis die Angst und die Anstrengung aus ihren Atemzügen verschwanden. Die Kater verschwanden auch, kletterten durch das Fenster in Hongkongs Morgen hinaus.

„Hey, du! Warte!"
Lex blieb auf dem Treppenabsatz stehen und sah über ihre Schulter. Dort stand ihre Nachbarin, hielt sich wankend am Türrahmen fest, scheinbar nur von ihrer Wut aufrechtgehalten. Sie trug lediglich ein Nachthemd und ihre schwarzen Haare hingen ihr wild ins Gesicht, als wäre sie gerade einem Horrorfilm entstiegen.
„Ich weiß es!", zischte die Frau und zeigte mit dem Finger auf Lex. „Ich weiß von den Katzen! Hab wegen dem ganzen Gekratze keine Sekunde schlafen können. Wenn ich deinetwegen meinen Job verliere …!"
Die ausgefallensten Flüche regneten auf Lex herab. Sie konnte sich nicht entscheiden, ob ‚Du Arschspalte eines Pavians' oder ‚dummer, durch Inzest gezeugter Stapel Fleisch' ihr Favorit war.
„Ich werde den Verwalter anrufen!", sagte die Frau zum Schluss.
Lex versuchte, entschuldigend zu lächeln. Es war unmöglich, dass diese Frau ihre beiden Katzen gesehen oder gehört hatte. Außer ihrem Onkel und ihrer Tante konnten das nur Âyí und Jian. Es brauchte ein bestimmtes Bewusstsein für Magie, um die Schutzgeister einer anderen Person sehen zu können.
„Ich habe keine Katzen", antwortete Lex immer noch lächelnd. Einer ihrer Ohrstecker erwärmte sich, bereit, den Stein darin zu opfern. „Aber den Verwalter sollten Sie auf jeden Fall anrufen. Es waren bestimmt Ratten!"
Die Frau wollte wieder den Mund öffnen, doch in dem Moment gab Lex den Zauber frei. Eine fette, schwarze

Ratte lief aus der Wohnung und der Frau direkt über die nackten Füße.
Unten vor dem Haus konnte Lex immer noch ihr Kreischen hören.

Wie üblich gab es eine lange Schlange vor Âyís Stand. Vor Lex standen zwei Männer in Anzügen, Geschäftsmänner, die offenbar verschlafen hatten und sich ihr Frühstück unterwegs abholten. Einer von ihnen stieß seinen Kollegen an, der im Stehen zu schlafen schien.
„Warte damit, bis wir im Büro sind", scherzte er und rieb sich selbst den Schlaf aus den Augen.
„Ich weiß gar nicht, warum ich so müde bin …"
„Wir sind alle müde. Es liegt an der Stadt."
Es lag ganz bestimmt nicht an der Stadt alleine. Lex beobachtete den grauen Wurm, der sich um den Hals des erschöpften Mannes gewunden hatte und sie schläfrig anblinzelte. Der wolkige Körper des Parasiten pulsierte, während er dem Menschen die Lebensenergie aussaugte.
Die Schlange schob sich zügig nach vorne, zu Âyís schwarzsilbernem Stand mit den Pappschachteln und Plastikdosen voller Gemüse und Pilzen. Die alte Frau wirkte winzig klein hinter den Grillplatten. Haare hatten sich aus ihrem sonst ordentlichen Zopf gelöst und klebten an ihrer gerunzelten Stirn.
Die Männer nahmen ungeschickt ihr Essen entgegen und Âyí verzog beim Anblick des Parasiten das Gesicht. „Ausverkauft! Alles weg!", rief sie, sobald Lex an der Reihe war. „Kommt morgen wieder!"

Alle, die hinter Lex gewartet hatten, trotteten murrend zu dem nahestehenden *Jian Bing*-Stand, um sich dort ihr Frühstück zu holen. Lex blieb im sicheren Abstand zum Grill stehen, bis Âyí endlich das Gas abgedreht hatte. Sie reichte Lex die letzten Gemüsespieße und wischte sich die Hände an ihrer Schürze ab. Ihr Gesicht leuchtete erwartungsvoll auf.

Lex legte die Spieße wieder in die Pappschachtel. „Es tut mir leid. Es gab ein Feuer …"

„Ich hab's gesehen." Âyí polierte kräftig eine Ecke des Standes, jede Bewegung voller Missfallen.

Lex räusperte sich. „Es ist schon in den Zeitungen?" Sie hatte gehofft, Âyí würde sie erst abends anrufen und deswegen ausschimpfen.

„Nein, ich habe es aus dem Fenster gesehen."

Lex nickte und holte tief Luft. Der Platz hier war kein guter Ort, um Hiobsbotschaften zu überbringen. Wenn Âyí weinen sollte …

„Ich habe den Jungen nicht gefunden. Jemand ist mir zuvorgekommen. Ich habe sie zwar verfolgt, aber … Die Ahnen fanden danach keine Spur."

Âyí runzelte die Stirn. Ganz und gar nicht die Reaktion, die Lex befürchtet hatte. Sie konnte das Wahrscheinliche einfach nicht aussprechen: Der Junge ist tot.

Âyí schüttelte den Kopf und griff nach Lex' Arm. „Such weiter", bat sie und drückte ein Päckchen mit neuen Edelsteinen in Lex' Hand. „Bitte. Der Junge muss am Leben sein."

„Es ist unmöglich!"

Âyí faltete ihre Schürze zusammen und vermied es, Lex anzusehen. „Wir wüssten es, wenn er gestorben wäre. Ganz Hongkong würde es wissen."

Lex brachte es nicht übers Herz, ihr die Hoffnung auszureden. „Kannst du mir nicht wenigstens seinen Namen sagen? Oder ein Foto –?"

Âyí schüttelte den Kopf, noch bevor Lex zu Ende gesprochen hatte. „Auf keinen Fall. Ich habe einen Eid geleistet. Und du hast den Ring."

Natürlich war ein persönlicher Gegenstand besser bei der Suche als jedes Foto. Lex knirschte mit den Zähnen. Wenn der Ring denn funktionieren würde!

„Âpo?", rief der Verkäufer vom Nachbarstand herüber. Sein Blick kroch misstrauisch über Lex' Haare und Kleidung und die Tätowierungen an ihren Händen. „Belästigt dich der Ausländer?"

„Der will nur das Rezept für die Gewürzmischung wissen", rief sie zurück. „Als ob ich es ihm verraten würde!" Sie lachte und der Mann und seine Kunden fielen mit ein.

„Wie die Geier!" Der Verkäufer spuckte auf den Boden, bevor er Lex anlächelte. „Kein Respekt vor anderen Kulturen. Kein Stolz!"

„Aber ernsthaft", flüsterte Lex, „du hast doch bestimmt eine Geheimzutat!" Gegrilltes Gemüse konnte unmöglich so gut schmecken.

Âyí schob ihr ein Gewürzpulverfläschchen mit dem Logo einer Supermarktkette hin.

„Das ist ein Scherz, oder?"

Âyís Schultern zitterten von ihrem unterdrückten Lachen. Bei diesem Anblick wurde Lex etwas leichter. Sie verneigte sich übertrieben vor Âyí. „Thank you very much." Sie ließ jedes Wort gebrochen klingen. Âyí zwinkerte ihr zu und Lex ging zu der nahen Promenade, um einen Platz zum Essen zu finden.

Winzige Dämonen huschten zwischen den Beinen der Passanten hindurch, um sich in einem Halbkreis vor der Bank zu versammeln, auf der Lex saß. Manche von ihnen hatten sich als Tauben und Spatzen getarnt. Der Rest war so schwach, dass er sich kaum manifestieren konnte. Ihre durchsichtigen Körper flackerten wie kaputte Glühbirnen und wurden immer nur für Augenblicke sichtbar, bevor sie verschwanden. Sie kämpften um die letzten Bissen des Gemüses, das Lex ihnen zuwarf, ihr schrilles Kreischen nur eine weitere Melodie in Hongkongs Lärm.

Lex glaubte nicht, dass der Junge noch lebte. Âyí hatte natürlich ihre eigenen Quellen und Informationen. Und ein zu großes Herz. Die Eltern mussten unglaublich reich oder weltweit bekannt sein, wenn das Auftauchen der Leiche einen Aufruhr verursachen würde. Âyí hatte sich mit diesem Auftrag wirklich zu viel aufgehalst, aber Lex würde ihr trotzdem helfen. Das war sie nach dem letzten Jahr der alten Frau schuldig.

Aber wie sollte sie jemanden finden, den die Ahnen für tot befunden hatten?

Sie sah über das Wasser zu Kowloon auf dem Festland hinüber. Zusammen mit den ganzen Inseln war Hongkong zu groß, um es alleine durchsuchen zu können. Als Erstes sollte sie sichergehen, dass die Leiche nicht doch irgendwo entlang der Ufer trieb.

Lex hatte natürlich auch ihre Quellen und Methoden: Entlang der Promenade standen vereinzelte Gruppen von Junkies, Touristen und einige von den *Anderen*. Städte wie Hongkong waren nicht nur bei menschlichen Auswanderern beliebt. Die schieren Menschenmassen und die Anonymität waren perfekt, um darin ungesehen zu leben. Lex sah sogar einen Kappa, der Touristen Stränge trockenen Seetangs als Perlenketten andrehte. Wenn es einen Toten in seinem Revier gab, würde der es wissen.

Wärme kroch von einem Ohrstecker zum nächsten, erwärmte das Gold bis zur Schmerzgrenze. Jemand beobachtete sie.

Lex sah sich um. Tatsächlich, es waren mehrere Augenpaare auf sie gerichtet. Schwer zu sagen, ob nur Neugier oder andere Absichten dahinter steckten. Einige der Junkies starrten sie offen an. Ihre Präsenz war so greifbar, dass es keine Menschen sein konnten. Auch waren ihre Kapuzen auffällig tief ins Gesicht gezogen. Einer von ihnen winkte ihr zu.

Lex stand auf und ging zurück, vorbei an dem leeren Platz, an dem sonst Âyís Stand war. So tief war sie noch nicht gesunken, dass sie am Hafen dealte!

3

Lex hatte bis zum Abend warten wollen, um unauffällig mit dem Kappa reden zu können, aber Touristen waren zu jeder Uhrzeit auf der Promenade zu finden.

Es war einer der miesesten Tarnzauber, den Lex je gesehen hatte. Das Neandertaler-Gesicht des Kappas war zwar hautfarben statt grün und die Mulde auf seinem Kopf wurde von einer Baseballkappe verborgen, aber ansonsten sah er wie der überdimensionale Frosch aus, der er in Wirklichkeit war. Sein gedrungener, kleiner Körper machte sich für einen Sprung bereit, als er Lex auf sich zukommen sah.

„Okita-san", grüßte Lex ihn mit einer Verbeugung und zeigte ihm die Papiertüte mit den Kräutern, die sie extra für ihn zusammengestellt hatte.

Der Kappa schnüffelte in die Luft und wischte sich den breiten Mund ab. Sein Blick huschte zwischen der Tüte und Lex' Gesicht hin und her. „Was kann ich für Sie tun, Mr Foster?"

Lex ignorierte sein zittriges Grinsen und den glasigen Blick. Die Kräutermischung wirkte wohl bereits, der Kappa würde sie sonst nicht so unverschämt mit Mr anreden.

„Gibt es am Hafen etwas Neues?", fragte sie.

Der Kappa schüttelte den Kopf. „Oh, doch!", erinnerte er sich dann. „Gestern Nacht hat es gebrannt."

„Gab es dabei Tote?"

Der Kappa schüttelte wieder den Kopf, sein Blick vollkommen auf die Tüte fixiert.

„Verletzte?"

„Nein."

Lex seufzte. Einerseits war es gut, dass niemand bei ihrem Ausraster zu Schaden gekommen war, obwohl die Angreifer es verdient hätten. Andererseits war sie sich so sicher gewesen, beim Kappa eine Spur des Jungen zu finden. „Gab es sonst etwas Auffälliges? Andere Leichen?"
Der Kappa bewegte seinen Kopf wie eine Kobra hin und her und schmatzte verschlafen. „Keine Leichen. Gar keine Leichen. Schon *so* lange keine köstlichen Leichen mehr …"
Der Kappa war total hinüber! Sie könnte ihm jetzt befehlen, einen Salto zu machen und er würde es sogar tun. Für einen Augenblick spielte sie mit dem Gedanken, ihn ein paar Kunststückchen vorführen zu lassen, aber sie warf ihm doch das Päckchen zu und er fing es mit seinen Froschhänden auf. Dann schien er sich doch noch darauf zu besinnen, dass Menschen in der Nähe standen, und ließ seine Hände wieder halbwegs menschlich erscheinen. Er warf Lex einen verhassten Blick zu, bevor er sein Gesicht in die Tüte steckte.
Wenn es hier nichts gab, musste Lex aufs Festland. Irgendwo musste der Junge ja sein.
„Hallo, Lex!"
Sie drehte sich um. Die Junkies vom Vortag hockten an ihrem üblichen Platz und einer von ihnen winkte ihr wieder zu. Sie fluchte, als er torkelnd auf sie zukam. Augenblicklich richteten sich mehrere Augenpaare auf sie. Das würde sich schnell herumsprechen. *Alexa Foster dealt am Hafen!* Wenn ihr Onkel das mitbekam, würde er persönlich nach Hongkong fliegen, um sie zurück nach Hause zu schleifen.
Der Junkie machte wankend einen weiteren Schritt, fiel mitten auf der Promenade hin und versuchte, sich ungelenk

aufzurichten. Jetzt sahen auch noch die Passanten hin! Lex ging mit einem Seufzer zu dem schniefenden Junkie, griff nach dessen Arm und zog ihn hoch. Er stellte sich zittrig auf. Seine Kapuze fiel herab und Lex riss ihre Hand zurück. Der Geruch von Salz und Tang, den die dunklen Haare verströmten, war überwältigend. Meeresvolk! Sie trat schnell zurück, während das Feuer sich durch die Siegelinschrift in ihrer Brust brannte.

Das Meereskind griff jedoch nicht an. Feuchte, grünblaue Augen blinzelten sie erschrocken an. Das Lächeln war genauso wackelig wie der Junkie selbst. „Danke, Lex."

Wofür bedankte der sich? Dafür, dass Lex ihm aufgeholfen hatte? Nein, kein Junge … ein Mädchen. Eine junge Frau. Schuppen begannen entlang ihrer Schläfen und Wangen zu sprießen …

„Hör auf damit!", zischte Lex. „Alle sehen uns an. Bist du verrückt?"

Die Gesichtszüge erstarrten in ihrer Verwandlung und die Meerjungfrau senkte den Kopf. „Ich wollte doch nur …"

„Ich habe keine Drogen, okay? Ich deale nicht!" Lex ging schnell davon, ihre eigene Kapuze ins Gesicht gezogen, und schwor sich, diesen Abschnitt des Ufers nicht mehr zu betreten.

„Danke, Lex …" Wie das Rauschen des weit entfernten Ozeans wehte das Flüstern zu ihr herüber.

Liz beschnüffelte Lex' Kleidung, die sie ins Badezimmer geworfen hatte. Der Stoff des Oberteils war verzogen und versengt, wo das Siegel es berührt hatte. Ruiniert. Nur wegen der aufdringlichen Meerjungfrau!

Lex hockte auf ihrem ungemachten Bett und stocherte mit den Essstäbchen in ihren Instant-Nudeln herum, suchte nach einem weiteren Stück Pilz, um das Verlangen nach Fleisch irgendwie zu befriedigen. Die Haut unter dem Siegel war immer noch warm, erinnerte sie an die erschrockenen, seeblauen Augen. Die Kräutermischung muss extrem überdosiert gewesen sein, wenn der Kappa nicht bemerkt hatte, dass sich nur ein paar Meter von ihm entfernt eine Meerjungfrau aufhielt.

Lex stach mit den Stäbchen durch die Pappverpackung der Nudeln. Sie war so blöd! Warum hatte sie die Meerjungfrau nicht befragt?

Die Katzen schlitterten ins Zimmer, Mawu sprang in hohem Bogen zu ihr aufs Bett. Seine Augen waren aufgerissen und fast vollkommen schwarz. Das war die einzige Warnung, bevor das Haus um sie herum erzitterte. Die Glasbehälter mit den Kräutern im Flur klapperten für Sekunden ohrenbetäubend. Es war vorbei, bevor Lex den Schutzzauber des Hauses verstärken konnte.

„Nur ein Erdbeben", sagte sie so ruhig wie möglich und kraulte Mawus schwarze Ohren.

Die Kater pressten sich immer noch flach gegen die Matratze. Sie schienen nicht überzeugt zu sein.

Im Treppenhaus riefen immer mehr Menschen durcheinander. Lex stand auf. Vielleicht hatte jemand nur wieder seinen Gasherd in die Luft gejagt. Sie öffnete die Tür und schaute in den Flur. Alle Nachbarn, bis auf die hysterische Frau von nebenan, standen bereits draußen, beugten sich über das Treppengeländer.

„Geht alle wieder rein“, hallte es durchs Treppenhaus. „Nur ein Erdbeben!“
Lex schloss schnell wieder die Tür. Das war die Stimme des Verwalters gewesen! Also hatte ihre Nachbarin ihn tatsächlich angerufen. Jetzt würde Lex bis zum Morgen warten müssen, um weiter nach dem Jungen zu suchen.

4

Die Kreide glitt übers Papier, folgte Lex' Blick und sammelte sich zwischen den Fasern. Der Dozent murmelte zustimmend, als er an ihrer Staffelei vorbeiging. Sie hörte nicht genau hin. Es spielte keine Rolle, was er dachte. Sie zeichnete mit den Fingerspitzen die Umrisse des Models nach, verrieb die Kreide zärtlich zu Haut und Fleisch. Die Siegel waren warm unter ihrer Kleidung, das Feuer pulsierte träge in einer Art Phantomschmerz, erinnerte sich an ihre letzte Verwandlung …

Lex empfand nichts für die Frau auf dem Papier, aber das Zeichnen besaß eine eigene Magie. Sobald der Stift das Papier berührte, überkam sie jedes Mal Zärtlichkeit – eine unerklärliche Liebe für den fremden Menschen, der in der Mitte des Raumes stand.

„Du bist gut." Kaika stellte sich zu ihr, um ihr Bild zu betrachten.

Lex nickte. Es war kein Kunststück, gut beim Zeichnen zu sein, wenn ein falscher Strich bei einer Beschwörung den Unterschied zwischen Leben und Tod ausmachte.

„Was hast du für mich?", fragte Kaika und wischte sich die mit Kohle verschmierten Finger an ihrem Hemd ab. Eine Wespe kroch aus ihrem Haar, umrandete ihr Ohr und verschwand wieder summend dahinter.

Die Haut in Lex' Nacken prickelte kalt, aber sie versuchte sich nichts anmerken zu lassen. Konnte Kaika nicht nettere Insekten vorziehen? Schmetterlinge oder so? „Ich suche jemanden." Lex hielt ihr den Ring des Jungen hin. „Ein

Junge, möglicherweise tot. Ich habe keine Zeit, um alleine Kowloon zu durchsuchen …“

Kaika trat näher. Ihre geschwärzten Fingerspitzen spiegelten sich in dem Metall des Rings. Sie berührte ihn sogar flüchtig. Lex presste die Lippen zusammen, um sie nicht zurechtzuweisen. Winzige schwarze Käfer flossen in Linien entlang Kaikas Finger und krochen für Sekunden über den Ring, suchten nach Spuren.

„Ich nehme den Auftrag an“, sagte Kaika und die Käfer zogen sich zurück, verschwanden unter ihren Ärmeln.

Lex holte darauf die kleine Papiertüte mit der Bezahlung heraus. Sie bemerkte den Blick einer anderen Studentin, der geisterhaft über Lex’ Gesicht und Oberkörper kroch und dann missbilligend auf Kaika liegenblieb. Dachte sie etwa, dass Lex und Kaika flirteten? *Wir werden beobachtet* kritzelte sie auf die Papiertüte, um den Anschein zu bestätigen.

Kaika presste sich mit einem Grinsen an Lex und der Dozent hüstelte. „Wenn du wolltest, könntest du sie haben“, flüsterte sie Lex mit einem Blick auf ihre Beobachterin zu.

„*Wenn* ich wollte“, gab Lex zurück.

„Bist du Jian immer noch so treu?“

Das Lächeln tat weh, war ein Fremdkörper in Lex’ Gesicht. Kaika wusste also nichts von ihrer Trennung?

Zum Glück trat der Dozent an sie heran. Kaika kehrte zu ihrer Staffelei zurück. Die Strenge des Blicks, der auf Lex gerichtet war, verwandelte sich in Ratlosigkeit. Der Dozent hatte natürlich keine Ahnung, wer sie war. Schon öffnete er den Mund, um danach zu fragen, als der Timer erklang und

das Model seine Pose änderte. Manchmal hatte das Universum ein wunderbares Timing!
Lex ging zu dem Waschbecken in der Ecke, um sich die Hände zu waschen, und schlüpfte aus dem Malereiraum. Sie hatte es zwar geschafft, Kaika um Hilfe zu bitten, aber sie bereute trotzdem die Entdeckung durch den Dozenten. Sie hätte sich gerne in weitere Seminare geschlichen. Jetzt musste sie das Gebäude verlassen, bevor man ihr unangenehme Fragen stellen konnten.
Sie fluchte leise, als sie die offene Tür zu einem Hörsaal vor sich sah. Vorsichtig blickte sie hinein. ‚Kunst und Religion' versprach der Seminartitel an der Tafel. Der Dozent, ein betagter Mann, trug die Erklärungen zu den in seinem Rücken gezeigten Bildern vor. In dem Maul einer sechsbeinigen grünen Schildkröte steckte der blauhäutige Vishnu. Dafür, dass er offenbar verspeist wurde, sah er sehr feierlich mit seinen goldenen Zeptern und der Lotusblume in den Händen aus. Die monotone Stimme des Professors ging fast im Rauschen des Ventilators an seinem Pult unter.
„… Hier sehen wir Vishnu, der sich in eine Schildkröte verwandelt hatte, um auf seinem Rücken die Landmassen aus dem Wasser zu heben … Die hinduistischen Gottheiten …"
Lex verdrehte die Augen. Auf der Welt mochte es viele übernatürliche Dinge geben, aber Götter gehörten nicht dazu. Die Studenten schienen von dem Thema genauso viel zu halten. Wer nicht gerade schlief, fächerte sich Luft zu oder starrte auf das Handy in seinem Schoß.
Lex holte tief Luft, machte einen großen Schritt und stand auf der anderen Seite des Eingangs.

Der Dozent unterbrach seinen Vortrag. Lex hielt inne. Schweiß sammelte sich über ihrer Oberlippe. Hatte er sie gesehen? „Diese verdammte Technik …“ Ein paar Studenten kicherten in die Stille hinein.
Lex bog schnell um eine Ecke und war endlich am Ausgang.

Das Geräusch von Krallen auf Glas wiederholte sich und Lex sprang vom Bett. „Könnt ihr nicht für fünf Minuten leise sein?“
Sie stürmte in das Badezimmer. Die Kater schnatterten und schlugen mit ihren Pfoten gegen das Badezimmerfenster. Lex musste sie zur Seite schieben, um zu sehen, was die Aufregung sollte. Eine Motte schlug gegen die Glasscheibe, ihre Flügel pudrig rosa und voller Glitzer.
„Kommt, geht weg!“
Sie schubste die Kater von der Fensterbank und öffnete das Fenster. Die Motte fiel dabei vom Glas, regelrecht in Lex' Hände. Ihre Flügel und Fühler raschelten ein letztes Mal, bevor die Motte sich in einen Origami-Schmetterling verwandelte. Es war den Blick der Katzen absolut wert, als ihre Beute zu Papier wurde. Sie stolzierten brummend davon.
Kaika hatte einen ausgefallenen Hang zu Details – ein einfaches Stück Papier hätte es auch getan. Aber Insekten waren genauso Kaikas Ding wie pinker Glitzer. Lex versuchte vergeblich, ihn von ihren Fingern zu wischen, er schien auf einmal überall zu sein. Sie faltete den Origami-Schmetterling auf.

Nichts in Kowloon, las sie. *Die Mücken der Bucht kannten das Blut des Ringbesitzers.* Lex setzte sich an den Badewannenrand. Endlich mal eine gute Nachricht. Mücken tranken nicht Blut von Leichen, oder? Der Junge war also wirklich nicht tot.

Sie lief zu dem Schrank im Flur und holte eine neue Packung Räucherstäbchen, eine Handvoll Edelsteine und ihre Jacke aus der Küche. In der Eile fiel der Ring auf den Boden und rollte beinahe hinter die Waschmaschine.

Der geopferte Diamant verpuffte knisternd, als die Magie Lex' Wunsch akzeptierte und nach dem Jungen zu suchen begann. Der weiße Rauch der Räucherstäbchen stieg in einer Wolke auf, die einem Chaos aus Garn glich, das Flüstern der Ahnen war fast unhörbar. Jeder Rauchfaden versuchte die Eingrenzung des Pentagramms zu verlassen, kroch seine unsichtbaren Wände entlang. Für einen Augenblick sah es aus, als würde eine der Rauchspuren durchbrechen, um ihr den Weg zu dem Jungen zu weisen. Aber sie rollte sich nur ein – ein sterbendes Blatt im Zeitraffer – und verschwand. Der Rauch löste sich daraufhin komplett auf und Lex knallte die Räucherstäbchen gegen die Wand.

Warum hatte es nicht funktioniert? Sie hätte doch noch diese Nacht den Jungen finden können, um ihn morgen zu Âyí zu bringen! Die alte Frau hätte bestimmt geweint vor Freude …

Alles, was blieb, war Kaikas Hinweis auf den Hafen. Doch Lex hatte den Kappa bereits befragt. *Aber nicht nach einer lebenden Person!* Sollte sie es nochmal riskieren und ihm eine

Überdosis anbieten? Im schlimmsten Fall bekäme sie nur Beleidigungen und zweifelhafte Informationen.
Natürlich war da noch die Meerjungfrau ... *wenn* sie noch da war. Die Ozeane waren dem Meeresvolk zu warm geworden. Der Pazifik war sogar frei von ihnen – die Junkie-Meerjungfrau konnte also nur auf Durchreise sein.

5

Lex stand lange vor ihrem Vorratsschrank. Was bot man einer Meerjungfrau an? Sie interessierte sich bestimmt nicht für menschliche Dinge und Lex hatte keine Ahnung, welche Droge sie nahm. Am Ende würde sie nur etwas Profanes wie Geld weiterbringen. So konnte die Meerjungfrau sich wenigstens weitere Drogen kaufen.
Lex steckte einige Tausender ein und drückte neue Steine in ihre leeren Ohrstecker. Nur zur Sicherheit. Feuer und Wasser vertrugen sich selten gut.

Kaum dass sie die Promenade betreten hatte, brannten ihre Ohren, weil sie schon wieder jemand beobachtete. Ihre Haare knisterten und umgaben sie mit dem Gestank von Schwefel. Lex opferte die neuen Steine, um sich vor weiteren Blicken und Verbrennungen zu schützen.
Immerhin war die Meerjungfrau da. Ihre Augen glänzten feucht im Schatten der Kapuze. Sie winkte nicht. Ihre Begleiter flüsterten und zischten auf sie ein, als Lex auf sie zukam. Lex schreckte zurück – Banshees! Ganz deutlich konnte sie die knöchernen Gesichter der Dämonenfrauen unter den Kapuzen erkennen. Sie hörten auf zu wispern und wichen Lex' Blick aus. Ein ungewöhnlicher Haufen, offenbar nur durch die Sucht vereint.
„Du bist zurück!“, platzte es aus der Meerjungfrau heraus. Sie zitterte, als hätte sie Schüttelfrost. Ihre schockgeweiteten Augen waren an den Rändern bereits trüb. Hatte sie gar keinen Selbsterhaltungstrieb mehr? Lex wollte nicht

wissen, wann sie das letzte Mal im Wasser gewesen war. Andere Meerjungfrauen wären wohl längst eingegangen.
„Du solltest wenigstens im Schatten bleiben“, sagte Lex, unfähig, ihre Irritation zu verbergen. Sie sah sich um, aber Schatten gab es höchstens in dem Park hundert Meter weiter.
„Es regnet später“, antwortete die Meerjungfrau, als würde das einen großen Unterschied machen. Die Luftfeuchtigkeit war zwar so hoch, dass sie an Land überleben konnte, Wasserdampf und Meerwasser waren jedoch zwei grundsätzlich verschiedene Dinge.
„Ich bin Kel“, sprach die Meerjungfrau weiter. „Du bist meinetwegen hier.“ Sie klang so sicher dabei.
„Ja“, gab Lex zu. „Ich möchte dich etwas fragen.“
„Du suchst den Jungen.“
„Ja …“ Lex studierte Kels bleiches Gesicht, die Schuppen, die kaum vom Stoff der Kapuze verdeckt wurden. Die Banshees hatten ihr gesagt, dass Lex ihr diese Frage stellen würde, ganz klar. Aber warum? Warum sollten sie ihre Zukunftsvisionen mit irgendeiner Meerjungfrau teilen? Sie machten keinen derart zugedröhnten Eindruck.
„Ich weiß, wo er ist …“ Kel atmete aus, ihr Zittern ließ etwas nach. Sie sank in sich zusammen, schwankte leicht. „Ich kann dir zeigen, wo du ihn findest.“
Lex schwieg. Das war genau das, was sie hören wollte. Aber sie hatte noch gar nichts gefragt. Und es klang zu gut und zu einfach, um wahr zu sein.
„Was willst du für dieses Wissen?“, fragte sie.

Die Meerjungfrau sah Lex nicht mehr an, starrte auf ihre Brust. „Einen Tag an Land.“ Farbe flutete ihre Wangen; sie sahen endlich lebendig aus. „Mit dir …“

Es war sehr leise gewesen, aber Lex war nicht taub. Ihr fiel die Stille um sie herum auf. Ein Zauber hatte sie von den vorbeigehenden Menschen abgeschirmt. Wohl auch wieder ein Werk der Banshees. Diese schwiegen gerade, schienen regelrecht erstarrt zu sein.

So war das also … Nur ein Scherz auf Lex’ Kosten. Bestimmt hat der Kappa sie alle reichlich dafür entlohnt, dass sie dieses kleine Schauspiel für Lex veranstalteten. Kappas mochten es ja nicht, veräppelt zu werden, schon gar nicht, indem man sie mit Kräutern gefügig machte. Eine harmlose Art von Rache – ginge es dabei nicht um ein Menschenleben. Oder um Âyí und ihren Auftrag. Das Feuer kratzte von innen an den Siegeln, bat darum, hinausgelassen zu werden. Sie alle nur ein bisschen streifen, ihre Kapuzen niederbrennen … Lex zwang es zurück.

Kels Augen füllten sich mit Tränen. Vielleicht nur wegen dem blendenden Sonnenlicht. Vielleicht, weil sie ahnte, bei welcher Art von Scherz sie mitmachte.

Lex zog mehrere Scheine aus der Jackentasche, drückte sie in die klammen, schuppigen Hände. „Für deine Zeit.“

Die Meerjungfrau weinte jetzt wirklich.

Lex zeigte Richtung Flughafen auf der Nachbarinsel, die zum Kelpie-Revier gehörte. Die Wassergestaltwandler mochten manchmal brutal sein, aber sie waren klüger als Kappas und stolz auf die Qualität ihrer ‚Dienste‘. „Dort ist es sauberer. Egal, was du nimmst.“

„Ich weiß wirklich, wo er ist …“

Lex wandte sich wortlos ab. Sie wollte zurück zum Platz, um Âyí zumindest zu berichten, dass der Junge tatsächlich am Leben war.
„Mein Blut!“, rief die Meerjungfrau ihr hinterher. „Lex! Du kannst mein Blut haben!“
Lex drehte sich um. Diesmal war die Stille echt. Einige Touristen starrten Kel an und blickten dann angewidert zu Lex. Die Banshees tuschelten wieder.
Lex war mit wenigen Schritten bei Kel und griff nach ihren Arm. Sie zerrte sie weg von den *Anderen* und den Menschen. Kel stolperte ihr hinterher, fiel dabei fast hin. Lex ließ es kalt, sie hätte sie auch durch halb Hongkong geschleift. Als sie die Parkanlage abseits der Promenade erreicht hatten, drückte sie die Meerjungfrau gegen einen Baumstamm, in dessen Schatten Kels Augen endlich aufklarten.
„Konntest du nicht noch lauter schreien?“, fuhr Lex sie an. „Auf dem Festland hat man dich noch nicht gehört! Weißt du, was sie dort mit Junkies wie dir machen? Schon mal eine leergeblutete Meerjungfrau gesehen?“
Kel sagte nichts. Was gäbe es auch darauf zu sagen? Dummes Kind!
Das Siegel an ihrer Brust begann sich zu öffnen und Lex schloss die Augen. In ihrem Kopf sang Âyís Stimme ein Mantra, wiederholte die Beschwörungen, die in den Siegeln eintätowiert waren. Die Atemzüge der Meerjungfrau ebbten auch ab und Lex sah sie wieder an. Keine Spuren von Tränen mehr. Kels Gesicht war dafür fast komplett mit Schuppen überzogen.

Lex bemühte sich, ruhig zu klingen. „Biete nie etwas an, was du nicht geben kannst", zitierte sie die Grundregel der Magie.
„Aber ich kann es geben. Es ist *mein* Blut!" Ihr Blick flog über Lex' Gesicht. „Bräuchtest du denn viel?"
Lex schüttelte den Kopf. Die Brandblasen auf ihrer Brust platzen auf und tränkten ihr T-Shirt mit Wundflüssigkeit. Der Schmerz … Der Schmerz war alltäglich. Sie erinnerte sich nicht mehr, wie es ohne ihn war, obwohl sie den größten Teil ihres Lebens praktisch schmerzfrei gelebt hatte. Vielleicht war das hier das berühmte Timing des Universums, von dem ihr Onkel und ihre Tante immer gesprochen hatten? Ein Tag mit Kel für ein Leben ohne Schmerzen? Der perfekte Deal! Lex lachte fast. Hier war sie also und dealte doch am Hafen!
„Nein, nicht viel", antwortete sie. Sie zog die Kette mit dem Kristall unter ihrem T-Shirt heraus – eine getarnte Ampulle für Augenblicke wie diese. „Nur so viel …"
Die Meerjungfrau verbarg ihre Erleichterung nicht einmal und nickte eifrig. Kleines, dummes Mädchen!
Lex fischte einen Füller aus ihrer Hosentasche und malte sich den grundlegendsten aller Vertragszauber auf ihre Hand. „Wenn du deinen Teil der Abmachung nicht erfüllst", erklärte sie, „wird es dir sehr, sehr schlecht gehen. Bist du dir ganz sicher, dass du den Tausch …"
„Ja!", sagte Kel, noch bevor Lex zu Ende sprechen konnte. „Ja, auf jeden Fall!"
Lex rollte mit den Augen. „Dein Name?", fragte sie.
„Kella… Kel. Kel Anderson."

„Wow. Da bist du aber ganz weit weg von zu Hause, Kel Anderson." Lex schrieb ihre Namen in den jeweiligen Halbkreis innerhalb des Beschwörungsrings und hielt Kel die Hand hin. „Jetzt sag bitte, was du unter einem Tag an Land mit mir verstehst."

„Ich will ein richtiger Mensch sein", zählte Kel auf. „Ich will shoppen gehen, zum Frisör, Hongkong sehen und den Flughafen!"

Lex starrte sie ungläubig an. Für so einen Mist wollte sie ihr Blut eintauschen? Außerdem …

„Ich kann dich nicht komplett zu einem Menschen machen", erklärte sie. „Du wirst wie ein Mensch aussehen, aber bestimmte Dinge ändern sich nicht." Sie zeigte auf Kels Unterleib und die Meerjungfrau wurde rot.

„Ist gut."

„Was ist für dich ein Tag? 24 Stunden oder von Sonnenaufgang bis Sonnenuntergang?"

„24 Stunden …?"

Lex schrieb auch das auf ihre Hand. „Im Austausch dafür bekomme ich eine Ampulle deines Bluts, aus freiem Willen gegeben." Lex setzte den Füller wieder an. Keine …

„Und ich sage dir, wo der Junge ist", unterbrach Kel sie.

Lex seufzte. Wenn die Meerjungfrau das Spiel unbedingt weitertreiben wollte, ihr Problem. Der Vertrag würde sie dafür früh genug bestrafen. Lex schrieb augenrollend weiter: … *nachträgliche Änderungen möglich.*

„Und du sagst mir, wo der Junge ist", wiederholte Lex und reichte Kel die Hand.

„Muss ich noch etwas sagen?", fragte Kel im Flüsterton, als wäre der Zauber ein Aufnahmegerät.

„Nimm meine Hand.“ Lex würde diese Aktion vermutlich bereuen. „Wir geben uns die Hand, um den Vertrag zu besiegeln.“

Kel griff nach ihrer Hand und schnappte überrascht nach Luft, als ihre Handflächen wie zwei Magnete aneinander klebten und die Tinte auch auf ihre Haut kroch.

„Nicht loslassen!“, befahl Lex. Sie wartete, bis der Zauber übertragen und versiegelt war. Der Sog löste sich und Restwärme kribbelte auf ihrer Handfläche. Auch die Hand der Meerjungfrau war jetzt warm, fühlte sich nicht mehr nach totem Fisch an.

Kel studierte mit großen Augen die Zeichnung, die der Zauber auf ihre Hand gebrannt hatte. Ein Mensch würde sie vielleicht als ein Yin-und-Yang-Symbol, über das man Kauderwelsch geschrieben hat, interpretieren. Eine Meerjungfrau konnte vermutlich nicht einmal ihren eigenen Namen lesen.

Lex wartete auf Protest oder Angst, aber Kels Gesicht nahm einen entschlossenen Ausdruck an. Sie lächelte Lex an, ihre Augen so klar und blaugrün, wie sie vermutlich sein sollten. Es konnte nur eine Falle sein. Warum sonst sollte Kel so zufrieden aussehen?

„Wann?“, fragte Lex. „Wann willst du den Vertrag einlösen?“

Kel dachte lange nach. Verschiedene Emotionen wechselten einander ab, die Entschlossenheit und Euphorie verschwanden. „Morgen“, sagte sie endlich.

Lex nickte. Dann hatte sie gerade noch genug Zeit, um den Zauber fertigzustellen, der Kel einen menschlichen Körper schenken würde. „Ich werde dich abholen“, versprach sie. „Komm, ich bringe dich zurück.“

„Nein.“ Die Meerjungfrau lächelte wieder. „Ich bleibe hier.“

Lex war es gleich. „Bis morgen“, sagte sie zum Abschied und zeigte noch einmal in Richtung Flughafen und Lantau. „Es ist wirklich nicht weit. Was auch immer du nimmst, hat dort bessere Qualität.“

Kel lächelte nur schweigend und sank vorsichtig zu Boden, immer darauf bedacht, im Schatten zu bleiben. Sie musterte die Zeichnung auf ihrer Hand, hatte Lex offenbar vergessen.

Lex blickte auf ihre eigene Handfläche. Damit konnte sie sich unmöglich bei Âyí blicken lassen, sie würde Lex dafür eigenhändig die Haut abziehen.

So, wie Kel es vorausgesagt hatte, begann es zu regnen. Lex eilte zur Bushaltestelle. Ihre Handfläche juckte.

6

Am nächsten Morgen wurde Lex viel zu früh von ihrem Handy geweckt. Sie blickte auf ihre Hand und seufzte. Alles war noch dran. Kel hatte zumindest vor, den Vertrag einzuhalten. Lex dagegen hatte nicht sonderlich viel Lust darauf. Verbrennungen und Blutverlust hatten ihren Körper an die Grenze gebracht.

Drei Verwandlungszauber lagen auf dem Küchentisch – Kräuterkugeln, jede mit ihrem Blut durchtränkt. Denn natürlich brauchte man menschliches Blut, um jemanden in einen Menschen zu verwandeln. Die Haut um Lex' Herzsiegel war nur noch eine wässrige, blutige Wunde, ihr T-Shirt mit gelbrosa Wundflüssigkeit durchtränkt. Vorsichtig zog Lex es aus und trug eine dicke Schicht ihrer eisigen Heilsalbe auf. Liz schob ihr das Verbandszeug hin. Das Fell auf seinem Rücken färbte sich blutrot, während er einen Teil ihrer Schmerzen auf sich selbst übertrug.

Als der Verband fertig war, war Lex' Haut mit Schweiß überzogen und der Kater lag erschöpft neben dem Waschbecken. Sie küsste seine seidige Stirn.

Mawu wartete an der Tür. Seine Augen waren mit so viel Missfallen gefüllt, wie ihn nur eine Katze aufbringen konnte. Er brummte abfällig, während Lex einen der Zauber in ihre Tasche packte.

„Ich weiß, Mawu. Aber ich kann nichts mehr tun. Oder willst du, dass ich den Vertrag breche?" Sie zeigte ihm die Zeichnung auf ihrer Hand.

Er beschnüffelte diese, als suchte er einen Fehler. Schließlich lehnte er sich an Lex' Bein und sie setzte sich zu ihm auf den Boden. Der Kater schnurrte, während sie ihre Energien tauschten. Ihre Erschöpfung gegen seine Kraft. Es war kein Notfall, aber sie konnte trotzdem nicht ablehnen, was der Schutzgeist ihr schenkte. Nicht, wenn ihr 24 Stunden Hongkong bevorstanden.

Es war noch relativ leer an der Promenade, nicht einmal der Kappa war da. Die Banshees schliefen aneinandergeschmiegt auf einer Bank. Die Meeresbrise hob gelegentlich die Ränder ihrer Kapuzen und zeigte ihre Gesichter. Hatten sie keine Bedenken, die Menschen könnten sie sehen?
Lex suchte zwischen ihnen nach Kel, aber die Meerjungfrau war nirgendwo zu sehen. Erleichterung durchströmte sie. Kel würde ihre Abmachung offensichtlich nicht einhalten!
Eine der Banshees öffnete die Augen. Sie sah Lex für Sekundenbruchteile mit ihren Käferaugen an, bevor sie den Blick abwandte. Das Siegel unter dem Verband flammte kurz auf, durch Lex' Herzschlag angetrieben. Nein, das gerade war kein Omen gewesen! Sie würde nicht demnächst sterben, nur weil eine Banshee sie angesehen hatte. Solange diese dabei nicht schrie, bedeutete es nichts.
Die Banshee streckte einen Arm aus und zeigte zu dem abgesperrten Hafenabschnitt. Lex ging zögernd zum Zaun, traute sich nicht, die Geste zu hinterfragen. Die weiße Plane zierte ein Phönix-Logo von *Ling Constructions*. Was auch immer hier gebaut wurde, dauerte schon Jahre an, ohne fertig zu werden. Die Plane war schon seit ihren ersten Tagen in Hongkong da gewesen.
Lex hörte weder Baulärm noch Stimmen auf der anderen Seite. Sie kletterte über das Zufahrtstor und lief zu der stei-

nernen Böschung, die zum Wasser führte. Sie ließ ein Gelände voller Baustellen, Container und schlichtweg Müll hinter sich. So ganz anders als die saubere Promenade.

Kel trieb in den schmutzigen Wellen und blickte zum gräulichen Morgenhimmel hinauf. Ihr Gesicht erhellte sich, sobald sie Lex bemerkte. Sie sah anders aus. Auch wenn bei Lex' Anblick ein Teil der Schuppen verschwand, ähnelte Kel immer noch mehr einem Raubfisch als einer Disney-Prinzessin. Wie kamen Menschen bloß darauf, Märchenwesen in den Meerjungfrauen zu sehen?

Kel verbarg ihren Oberkörper im Wasser. Lex wandte den Blick ab, offenbar hatte sie gestarrt.

Sie trat vorsichtig über die wackeligen Steine ans Wasser und holte die Kräuterkugel aus ihrer Tasche. „Versuch, sie im Ganzen zu schlucken. Tut weniger weh."

Kel zog sich auf die aufgeschütteten Steine und betrachtete die Kugel. „Menschenblut?", fragte sie überrascht. Sie sog den Duft der Kugel ein, als wäre sie eine Blume.

„Mein Blut", erklärte Lex.

Kel lächelte, offenbarte dabei mehrere Reihen nadelspitzer Zähne. Sie legte sich die Kugel auf die Zunge, ihre Augen genüsslich geschlossen. Lex schluckte. Und das war der Grund, warum Meeresvolk so gefährlich war. Blut war ihr Äquivalent zu Wein und Pralinen.

Lex drehte sich weg, sobald Kels Verwandlung begann, behielt die vorbeiziehenden Schiffe und die Bauarbeiter im Auge. Sie waren magisch abgeschirmt, bestimmt durch die Banshees, aber nicht alle Menschen waren blind.

Ein unterdrückter Schrei in Lex' Rücken, Kratzen von Nägeln auf Kieseln. Kel weinte dumpf, während der

Zauber ihren Körper zerschnitt und sie an etwas anpasste, was sie nicht war.
Lex drehte sich um, als sie nichts mehr hörte.
Kel sah jetzt noch kleiner aus, jünger. Zwischen dem rostigen Braun der Baustelle und dem Grau des Victoria-Hafens leuchtete ihre Haut unnatürlich weiß. Eine Blume zwischen Betonplatten. So leicht zu zertreten. Sie wischte sich die Tränen aus dem Gesicht und rollte ihren nackten Körper schützend zusammen. Es sah ganz und gar menschlich aus, wie sie mit ihren Händen ihren Unterleib zu bedecken versuchte. Das Leben einer menschlichen Frau in einem Bild zusammengefasst.
Lex seufzte. „Du hast nichts an dir, was ich nicht bereits gesehen habe“, sagte sie und holte Kleidung aus ihrer Tasche.
Kel faltete stirnrunzelnd die Sachen auseinander. Sie roch nach Salz und Blut – der Duft von Schmerz, den Lex bisher ihr eigen genannt hatte.

„Ist das richtig so?“, fragte Kel, sobald sie fertig war. Sie zupfte unzufrieden an den Sachen, die ihr viel zu groß waren. Die Shorts blieben nur dank des Gürtels oben, das Top ging gar nicht – Kel sah wie ein Kind aus, das sich verkleidet hatte. Die Träger rutschten auch prompt von den schmalen Schultern und das Oberteil gleich mit. Kel blickte auf ihre nackten, menschlichen Brüste hinab.
Lex reichte ihr ein Ersatz-T-Shirt. Zumindest die Schuhe schienen zu passen. „Bist du soweit?“, fragte Lex, nachdem Kel das T-Shirt übergezogen hatte.

„Ja, warte bitte.“ Kel kroch zum Wasser zurück und zog dort einen Stein aus dem Boden. Sie kramte in dem entstandenen Loch und holte etwas heraus. Der Geldstapel in ihren Händen war unverschämt dick. Es konnte nicht nur Lex' Geld vom Vortag sein.

„Wo hast du das her?“, fragte Lex. Sie kannte nur wenige Wege, wie eine Junkie-Meerjungfrau an so viel Geld kommen konnte, und keiner von denen war sicher.

Kel stopfte sich die sorgfältig gefalteten Scheine in die Taschen der Shorts. „Aus dem Wasser“, sagte sie mit einem Blick, als wäre das die dümmste Frage der Welt. „Ich habe auch Schmuck und Schlüssel. Brauchst du welche?“

Lex schüttelte stirnrunzelnd den Kopf. „Und das liegt da einfach so herum?“

„Ja.“ Kel zeigte auf das Wasser hinaus. „Dort auf dem Grund liegt alles. Schade nur, dass die Kleidung so schnell verdirbt. Es riecht komisch, wenn sie trocken ist.“

„Vermutlich nach Leichen“, scherzte Lex. Die waren die einzige Erklärung für so eine Ansammlung von Wertgegenständen.

„Es gibt keine Leichen.“ Aus Kels Stimme sickerte Enttäuschung

„Komm.“ Lex kletterte die Böschung wieder hoch. Je früher sie anfingen, desto schneller wäre es vorbei.

„Lex, warte“, rief Kel. Sie stolperte und griff nach Lex' Arm, um sich festzuhalten. Sie blickte dabei auf ihre Beine und Füße, die unter ihrer Last zu zittern schienen. Man könnte meinen, sie würde zum ersten Mal gehen, aber Lex hatte sie doch bereits an Land gesehen.

„Was ist los?“, fragte Lex. „Du kannst doch laufen.“

„Es ist …“ Kel machte einen zögerlichen Schritt. „Es ist ganz anders.“

Lex dämmerte, warum. Das Blut, das Kel zuvor verwandelt hatte, war nie menschlich gewesen. Ihr wurde schlecht. Wer wusste schon, welche gepantschten Verwandlungszauber und Drogen Kel die ganze Zeit geschluckt hatte …

„Dann halt dich fest.“

Es hatte noch nicht einmal angefangen und Lex bereute es jetzt schon. Mit eiskalten Fingern tastete Kel nach ihrem Handgelenk. Wunderbar! Sie würden händchenhaltend Hongkong erkunden. Warum nicht gleich ein Besuch in Disneyland?

Lex sah auf Kels rotes Gesicht hinab. Am Ende war es vielleicht doch nur ein Spiel und Kels Unfähigkeit zu laufen ein bequemer Trick, um Körperkontakt zu erhaschen. Lex zog die Hand fast zurück, die Kälte tat jedoch … gut. War angenehm. Nicht lähmend kühl wie Wasser oder Eis. Also ging sie zähneknirschend weiter.

Kels Gang wurde mit jedem Meter sicherer, leichter. Sie ließ sogar Lex’ Hand los. Die warme Luft klebte sofort an Lex’ Haut, zog das Feuer an die Hautoberfläche. Lex atmete durch. Es tat weh, aber der Schmerz war zumindest etwas, das sie kannte. Sie kannte auch den Griff, mit dem Kel sie festgehalten hatte. Die Finger der Meerjungfrau ähnelten Mays.

Lex schloss ihre Hand zur Faust. Sie sollte nicht an May denken. Der Tag war auch ohne die Erinnerungen schon schlimm genug.

Kels Blick streifte einen weiteren Friseursalon, während sie schweigend abseits der Innenstadt liefen. „Wo gehen wir hin?“, fragte sie schließlich, nachdem sie das Schaufenster mit den Fotos glücklicher, langhaariger Frauen passiert hatten. Ihre Stimme klang klein und misstrauisch.

Richtig so! Etwas Angst würde der Meerjungfrau guttun. Dann würde sie hoffentlich einsehen, wie gefährlich es war, Verträge mit Wildfremden abzuschließen.

„Dachtest du, wir könnten einfach in einen Salon für Menschen gehen?“ Lex zeigte auf einen kleinen Laden mit Fotos aus den 80ern und staubigen Winkekatzen im Schaufenster.

Kel antwortete nicht. Natürlich hatte sie genau das gedacht. Der Ladenraum war zum Glück leer. Lex erkannte Michael nur daran, dass er so auffällig unauffällig war. Mausbraune Haare hingen ihm in ein durchschnittliches Gesicht, das jeden Phantombildzeichner in den Wahnsinn treiben würde. Er sah wie Jedermann oder ein Serienmörder aus – das war das Einzige, was sie sich von Michael gemerkt hatte. Damals hatte sie nur Augen für May gehabt.

Michael faltete die Zeitung zusammen und drehte sich auf seinem Stuhl zu ihnen um. Sein Blick wanderte von Lex’ Gesicht zu Kels Gestalt, die sich halb hinter ihr verborgen hielt. Seine Augen füllten sich mit Mitleid. „Lange ist es her“, sagte er und erhob sich. „Das Übliche?“

„Dir auch einen wunderschönen Morgen.“ Lex seufzte und schob Kel nach vorne. „Wir sind wegen ihr hier. Ich brauche nichts.“

„Oh“, hauchte Michael und streckte Kel seine Hand entgegen. „Was darf ich für Euch tun, Prinzessin?“ Er beugte sich hinunter und küsste die angebotene Hand. Kel kicherte.

Lex sank augenrollend in einen Sessel vor dem Schaufenster. Das würde jetzt bestimmt dauern. Sie hätte ihr Buch über Kräuterkunde mitnehmen sollen, um sich die Zeit zu vertreiben. Auf der Suche nach einer Beschäftigung fing sie im Spiegel Michaels Blick auf. Er sah sofort hinab zu Kel, die ihm aufgeregt ihre Wünsche diktierte. Lex hörte abwesend der detaillierten Beschreibung der Haarfarbe zu. War es ein Fehler gewesen, Kel hierher zu bringen? Würde Michael ihr irgendetwas erzählen?

„Ein Vertrag?" Michael beugte sich über Kels Hand. Seine Erleichterung war unüberhörbar. „So ist das also. Wenn Ihr wünscht, Eure Majestät, würde ich Euch auch gerne einen Vertrag anbieten."

„Hey!", rief Lex. „Hör nicht auf ihn. Der versucht mir jedes Mal diesen Vertrag anzudrehen. Es ist eine Falle!"

Kels Gesicht leuchtete augenblicklich auf. Na wunderbar!

„Was für eine Falle?", fragte sie Michael, der Meersalz in einen Topf einrührte.

Er lachte. „Nichts Schlimmes oder einer Prinzessin Unwürdiges", versicherte er. „*Besonderen* Kunden biete ich an, meine Dienste mit einer Locke ihrer Haare zu bezahlen."

Kel nickte wissend. Sie ließ sich zum Waschbecken führen, wo Michael ihre Haare wusch.

„Und was habt Ihr von meinem Haar?", fragte sie.

Michaels Lächeln wurde breiter und breiter. Seine Augen verformten sich mit, bis sein Gesicht einer grinsenden Maske glich. Kel betrachtete das alles ungerührt. Michaels

Gesichtszüge wurden wieder menschlich. Er schnaubte enttäuscht.
„Er ist ein Gestaltwandler", erklärte Lex. „Er kann sich in jedes Wesen verwandeln, solange er etwas von dessen Haaren oder Blut hat."
Kel lächelte wieder und das entlockte Michael ein Lachen.
„Ja, Eure Hoheit, ich bin ein gewöhnlicher Gestaltwandler, der etwas von seinen bescheidenen Fähigkeiten teilen mag. Und dafür erbitte ich eine kleine genetische Probe, um mein Repertoire zu erweitern." In einer dramatischen Geste riss er das Handtuch von Kels Kopf und offenbarte ihr schneeweißes Haar. Lex verdrehte wieder die Augen und durchsuchte den Stapel Zeitschriften, bis sie eine übers Gärtnern fand. Ihre Hand kribbelte, während Michael die Haare kürzer schnitt und die Farbmischung vorbereitete.
„Ich habe ganz viele wundervolle Proben in meiner Sammlung", erzählte er Kel. „Elvis, Big Foot …"
„Wer?", fragte Kel nach.
Lex musste lachen.
„Wo habt Ihr gelebt, Hoheit? Auf dem Mond?", fragte Michael empört.
„Auf dem Meeresgrund", antwortete Kel. „Kommt auf das Gleiche hinaus, nicht wahr?"
Es wurde still im Raum. Michael lächelte nur. Lex riss ihren Blick von Kels weißem Haar los und las den gleichen Satz noch einmal, ohne ihn zu verstehen. Michael und Kel unterhielten sich derweil weiter, über irgendwelche Belanglosigkeiten. Lex hörte nur halb zu, ob nicht ein bestimmter Name fallen würde. *Jian. May …*

Ein Wärmestrahl kroch über ihre Handfläche, löschte endlich das Kribbeln auf ihrer Haut – und einen Teil des Vertrags. Kel stand vor ihr. Sie strahlte wie ein Kind am Weihnachtsmorgen. Michael hob eine Augenbraue und nickte bedeutungsschwer in Kels Richtung. Musste das wirklich sein?

„Du siehst … anders aus", sagte Lex schließlich.

Kel berührte ihr lavendelfarbenes Haar und strahlte noch mehr. „Du magst es nicht", sagte sie mit einem seltsamen Stolz.

Lex zuckte mit den Schultern. Die Meerjungfrau sah unirdisch aus, ihre Augen waren durchdringend und riesig im Kontrast zur neuen Haarfarbe. *Eine Puppe*. Eine wunderschöne Puppe, die Blut liebte.

„Ich liebe es!" Kel berührte ihr Haar und sah sich selbst ehrfürchtig im Spiegel an.

Michael fegte die abgeschnittenen Haare zusammen. „Wie wollt Ihr bezahlen, Hoheit?", fragte er.

„Mit meinen Haaren."

„Kel", warnte Lex, „dann kann er sich jederzeit in dich verwandeln."

Die Meerjungfrau zuckte lächelnd mit den Schultern. Das T-Shirt verrutschte, zeigte ihre Schulter. Naive Puppe! Kel ließ sich wieder die Hand von Michael küssen. Sein Lächeln war zu breit, um menschlich zu sein.

„Es ist mir eine Ehre, Hoheit", säuselte Michael und Kel kicherte erneut. „Wartet Ihr bitte draußen? Ich möchte kurz mit Eurem Wächter sprechen."

Kel blickte Lex an und kaute kurz auf ihrer Unterlippe, ging aber dann hinaus.

„Sie ist nicht wirklich eine Prinzessin, oder?“, fragte Lex zur Sicherheit. Es fehlte noch, dass sie Ärger mit dem Meeresvolk bekam, weil eine pubertierende Adelige Lust auf eine neue Haarfarbe hatte.

Michael lachte und legte eine von Kels Haarlocken in ein kleines Glas. „Woher soll ich das wissen? Es ist mein Beruf, andere zu dem zu machen, was sie gerne wären.“

„Worüber wolltest du dann reden?“ Lex beobachtete Kel durch das Schaufenster. Menschen drehten sich nach ihr um, manche blieben sogar stehen, um sie anzustarren.

Michael zog an Lex’ Haar.

„Was tust du da?“

Er hörte nicht zu, sondern schnitt an einzelnen Strähnen. Lex erinnerte sich daran, dass ihr Haar an den Spitzen versengt worden war, und ließ ihn machen.

„May war hier“, sagte Michael in einem Ton, als spräche er übers Wetter und nicht über Lex’ Beinahe-Tod.

Sie weigerte sich, irgendwie darauf zu reagieren.

„Sie sah nicht gut aus“, sprach Michael weiter. „Versteh mich nicht falsch, sie ist immer noch majestätisch. Aber sie hat …“

Die Schere machte *schnipp-schnipp*, Michaels Worte rückten in den Hintergrund. Lex blickte immer noch nach draußen, zu Kel, die gerade mit einem Mann sprach.

„Du weißt, was ich meine“, schloss Michael seine Erklärung ab.

„Ich weiß, was du meinst“, bestätigte sie. Denn sie selbst sah auch nicht gut aus. Wollte Michael vielleicht ihr Siegel sehen? Die Brandblasen an ihrem Oberkörper? Es wäre natürlich nicht fair, May irgendwelche Vorwürfe zu

machen. Lex war diejenige, die fremdgegangen war und gelogen hatte. Karma war Gesetz, kein leeres Wort.
Der Mann draußen schüttelte Kels Hand und Lex warf sich ihre Tasche über die Schulter. „Wir sehen uns!“, rief sie. Sie hatte nicht vor, Michael jemals wiederzusehen.

7

„Genau so“, sagte der Mann gerade, in seinen Händen eine Kamera. Das Objektiv bewegte sich hin und her, ein riesiges Auge, das Kels Gestalt an der Wand abscannte.

Die Meerjungfrau blickte unverwandt zur Kamera, ihre Schulter immer noch entblößt. Lex machte einen Schritt auf sie zu, um das T-Shirt noch schnell hochzuziehen, aber es war zu spät. Sie hörte mehrmals den Auslöser klicken. Der Mann faltete sich wieder auseinander und studierte die Aufnahme auf dem Display. Kel stand immer noch starr an der Wand. *Puppe!* Lex ging zu ihr und zog sie vom Fotografen weg.

Dessen Augen leuchteten bei Lex’ Anblick auf. „Darf ich auch von dir ein Foto machen? Oder von euch beiden zusammen? Ich bin ein Street-Style-Blogger …“ Er holte tatsächlich eine Visitenkarte heraus. „Ihr seht so 90er aus!“

Lex zerknüllte wütend die Karte, während Kel sie vors Objektiv zerrte. Ihre Hand brannte von den neuen Zeichen, die darauf erschienen. *Bei allen Geistern und Dämonen!* Sie blickte schnell auf ihre Handfläche. *Nachträgliche Änderungen möglich*? Verdammt, wann hatte sie das denn geschrieben? Der Vertrag war durchlässig! Sie war für den Rest des Tages Kels Spielzeug, wenn sie sich nicht schnell etwas überlegte. Hoffentlich verstand die Meerjungfrau genauso wenig von Magie, wie es den Anschein hatte.

Lex starrte in die Kamera, Kels Schulter presste sich kalt gegen ihren Oberarm. Die Meerjungfrau hatte das T-Shirt immer noch nicht hochgezogen. Und warum musste sie so nah bei Lex stehen?

„Großartig!“, sagte der Fotograf mit einem Blick auf die Kamera und strahlte sie an. „Ich werde es am Wochenende hochladen, okay?“

Kel starrte auf die Visitenkarte in ihren Händen. „Was bedeutet das? *Hochladen*?“
„Es bedeutet, dass das Foto dann auf seinem Blog erscheint …“
„*Blog*?“
„Internet …“ Lex seufzte. Kel hatte offensichtlich keine Ahnung von der Menschenwelt. Und Lex hatte keine Lust, einen Crash-Kurs zu erteilen. „Alle Welt wird dich sehen können.“ Wie erwartet, leuchtete das Gesicht der Meerjungfrau auf. „Kein Grund, sich so zu freuen.“ Lex tastete ihr T-Shirt ab, der Verband hielt noch. „Jetzt ist dein Bild auf immer und ewig in der Menschenwelt.“
„Nichts in der Menschenwelt kann lange überdauern“, widersprach Kel.
Und woher wollte sie das bitteschön wissen? „Im Internet schon“, sagte Lex.
Kel lächelte. Sie steckte die Visitenkarte zu den Geldscheinen und das Lächeln wurde noch strahlender.
Lex hielt den Mund, um ihr die Freude nicht zu verderben. Sie hatte den Großteil des Vertrags immer noch vor sich und keine Möglichkeit, dessen Dynamik zu verändern. „Shoppen?“, fragte sie und Kel nickte eifrig. „Aber vorher frühstücken wir.“
„Ich habe schon gegessen …“
„Na, hoffentlich keine Leichen“, murmelte Lex.

Sie fand endlich einen Stand, der Frittiertes und Schokolade versprach. Blut konnte unmöglich so gut schmecken wie Nutella!

Kel stand direkt vor dem Kohleofen – zu nah, wie Lex fand. Es roch nach verbranntem Zucker, Teig und warmen Waffeln. Und ganz viel Schokolade. Ganz viel Reue. Der Verkäufer überzog die runden Waben großzügig mit der Schokoladencreme, bevor er die Waffel zusammenrollte. Lex bezahlte schnell und schob Kel aus der Schlange.

„Was ist das?“, fragte die Meerjungfrau misstrauisch. Sie hielt die Waffel wie ein gefährliches Artefakt von sich.

„*Gai daan jai*“, erklärte Lex. „Hongkong-Waffeln. Pflicht, wenn man in Hongkong ist.“

Kel sah nicht überzeugt aus. Lex zuckte mit den Schultern. Sie nahm selbst einen Bissen, denn der erste war der köstlichste und ungefährlichste. Der süße, samtene Trost der Schokolade breitete sich auf ihrer Zunge aus. Sie kaute langsam, bedächtig. Danach fing das Zählen an. Wie viele Bissen, bis das Feuer die Siegel erreichte? Wie viele bis zur Selbstzerstörung? Als ihre Gelenke langsam zu brennen anfingen, hörte sie auf und blickte auf die restliche Hälfte. Immerhin … Vor einem Jahr hätte sie nicht einmal drei Bissen geschafft.

„Bist du fertig?“, fragte sie Kel.

Die Meerjungfrau sah sie mit riesigen Augen an. Ihr Mund war an jeder Seite mit Schokolade verschmiert, als hätte ihr jemand einen Schnurrbart gemalt. Und ihre Hände waren leer.

Lex lachte. „Besser als Blut?“

Kel nickte abwesend. Sie begann mit schokoladenverschmierten Händen weitere Scheine aus ihren Taschen zu ziehen.
Lex begutachtete die immer länger werdende Schlange von Einheimischen und Touristen und reichte Kel den Rest ihrer Waffel. „Komm, sonst bleiben wir den ganzen Tag hier stehen." Sie biss sich auf die Zunge. Hoffentlich änderte Kel nicht wieder den Vertrag! Zum Glück sah Kel nur ein letztes Mal zum Stand, bevor sie nach der angebotenen Waffel griff.

Als sie endlich das klimatisierte Innere des Einkaufszentrums betraten, leckte sich Kel die letzten Nutella-Spuren von den Fingern. Beim Anblick der Rolltreppen und der Geschäfte ließ sie die Hände sinken. Sie drehte sich einmal um sich selbst. Lex folgte ihrem Blick, fragte sich, was die Meerjungfrau in diesem Menschenbau sah, den sie selbst als ein Raumschiff erkannte. Oder das Innere eines Kreuzfahrtschiffs.
„Was möchtest du genau kaufen?", fragte Lex.
Kel wischte die Hände an ihren Shorts ab. „Ich weiß nicht …" Sie sah von einem Schaufenster zum nächsten. „Die *Anderen* meinten, dass Menschen gerne einkaufen."
„Die Banshees?" Warum setzten die Kel solche Flausen in den Kopf?
Lex führte die Meerjungfrau zum nächstbesten Geschäft. Es war noch recht früh und unerwartet leer. Eine der lächelnden Verkäuferinnen in einem makellosen Anzug und hochgesteckten Haaren näherte sich ihnen vorsichtig.

Lex lächelte zurück und schob Kel vor. „Guten Morgen", grüßte sie auf Chinesisch und das Lächeln der Verkäuferin entspannte sich. „Meine Freundin würde gerne alles anprobieren."

„Alles?", fragte die junge Frau überrascht nach. Sie lächelte jedoch weiterhin und führte Kel durch die Reihen säuberlich aufgehängter Kleidungsstücke. Lex folgte ihnen schweigend. Die Verkäuferin begann doch noch Englisch mit Kel zu sprechen, während sie ein Kleid nach dem anderen hochhielt.

Lex schaute auf ihr Handy, strich über den Verband um ihre Brust. Noch war alles gut, Mawus Kraft würde sie mit viel Glück bis zum Abend durchbringen.

„Was halten Sie hiervon?"

„Was?" Lex sah auf das Kleid, das die Verkäuferin ihr strahlend hinhielt. Lex runzelte die Stirn und zuckte mit den Schultern. Es war ein hübsches Stück weißen Stoffs, der über und über mit filigranen Blüten und Ranken bestickt war. Und mit dem Kel im Wasser nichts anfangen können würde. „Sieht gut aus", antwortete sie.

Kel grinste wissend und griff nach dem Kleid.

Lex musste auch lächeln. Natürlich. Es ging ja um den angeblichen Spaß, nicht darum, tatsächlich etwas zu kaufen, das irgendwie praktisch war.

Sie wurden zusammen mit einem großen Stapel Kleidung zu den Umkleidekabinen geführt. Eine andere Verkäuferin brachte ihnen Tee. Was dachten die Angestellten, wie lange sie bleiben würden? Wahrscheinlich war das Leuchten in Kels Augen schuld. Lex kannte es von May, als sie die wenigen Male zusammen einkaufen gewesen waren. Sie selbst konnte die Begeisterung nie ganz teilen. Ihr Feuer erlaubte bestimmte Stoffe schlechtweg nicht. Wenn ihr etwas gefiel, kaufte sie es in mehrfacher Ausführung, wie eine Comic-Figur. Lex lächelte. Aber sie konnte nicht leugnen, dass Kel offenbar riesigen Spaß hatte und dieser ein kleines bisschen ansteckend war.

„Schau!", rief Kel und drehte sich einmal um sich selbst. Der Rock des viel zu kurzen Kleidchens flatterte hoch und Lex blickte schnell zur Verkäuferin, die zum Glück nicht hingeschaut hatte.

„Gibt es hier auch Unterwäsche?", fragte Lex. Kel hatte endlich aufgehört, sich zu drehen und sah sie fragend an.

Die Verkäuferin lächelte, ganz der Profi. „Selbstverständlich. Haben Sie besondere Wünsche?"

Lex unterdrückte ein Lachen und zeigte auf Kel. „Was auch immer ihr passt und gefällt." Und dann lachte sie doch noch, als Kel ratlos die Fetzen aus Spitze und Seide hochhielt.

Neue Kunden kamen, wurden mit Abstand zu ihnen untergebracht und gingen bald wieder. Lex trank ihren Tee, kommentierte auf Anfragen das neuste Outfit und die Anspannung floss aus ihrem Körper. Es war eine ganz andere Welt hier. Niemand wusste etwas von Jian, May oder den Siegeln. Die lächelnden Menschen hatten nicht einmal Ahnung von Magie. Sie und Kel waren nur zwei merkwürdige Ausländer. Und waren Ausländer nicht immer merkwürdig?

„Ich denke, wir haben es", sagte die Verkäuferin mit dem vertraulichen Lächeln einer alten Kupplerin und zwinkerte

Lex zu. „Ich muss es nur in einer anderen Größe holen. Ihre Freundin ist so zierlich."

Sie sagte ‚Girlfriend' und Lex zwang sich, das Lächeln zu erwidern. Es war fast Mittag, versprach das Handy. Und bis auf das offensichtliche Missverständnis waren es angenehme zwei Stunden gewesen.

Die Verkäuferin kam zurück und Lex blickte auf das weiße Kleid in ihren Händen, versuchte sich zu erinnern, ob sie es tatsächlich schon einmal gesehen hatte. Die Verkäuferin schob den Vorhang zur Seite und Lex sah ungewollt hin. Kel trug nur einen Slip, die Spitze kaum heller als ihre Haut, und beugte sich über das gebrachte Kleid. Das fliederfarbene Haar fiel ihr ins Gesicht, teilte sich im Nacken. Es war fast ein Déjà-Vu. Lex starrte auf den nackten Rücken, den fast weißen Hals. Und ihre Hände erinnerten sich. Das Wissen, wie sich Kels Haut anfühlte, strömte von irgendwo in ihre Zellen. Der Vorhang wurde wieder zugezogen.

Lex trank den letzten Schluck Tee und sah sich um. Niemand war da. Niemand hatte sie beobachtet. Sie bemerkte erst jetzt den Schmerz – eins der Siegel war aufgebrochen. Etwas Blut hatte sich auf dem weißen Stoff ausgebreitet. Sie griff nach dem T-Shirt, das sie Kel gegeben hatte, und ging zur nächsten Kabine. Der Blutfleck war zum Glück nicht größer geworden. Sie sah sich nur kurz im Spiegel an, ihre eigenen Augen zu voll mit Schock. Während sie den Verband wechselte, flimmerten die Bilder von May und Kels Haut durch ihre Gedanken. Dabei waren sie sich nicht einmal ähnlich …

„Lex?"

Sie stopfte die blutigen Sachen in ihre Tasche, lugte aus der Kabine und sah, dass Kel ein bodenlanges, weißes Kleid trug, statt das T-Shirt zurück zu verlangen. „Nur das Kleid?"

Die Verkäuferin lachte.

Kel zeigte ihr eine Tasche und ein neues Paar Schuhe. „Mehr kann ich nicht tragen."

Das Feuer hatte sich wieder beruhigt, als sie endlich den Laden verließen.

„Willst du noch mehr einkaufen?", fragte Lex.

Die Meerjungfrau betrachtete diesmal gleichgültig die restlichen Geschäfte und schüttelte den Kopf. Eine weitere Linie wurde auf Lex' Handfläche ausradiert. Am Ende würde es doch ein ganz guter Tag werden!

Draußen stand die Sonne bereits hoch am Himmel und die Luft überzog ihre Haut mit einem Film aus Feuchtigkeit. Als hätte das wunderbar klimatisierte Innere des Einkaufszentrums niemals existiert. Die Meerjungfrau schien die Wärme keineswegs zu stören. Sie streckte sogar ihr Gesicht der Sonne entgegen.

„Wo willst du hin?", fragte Lex. „Es ist eigentlich Zeit zum Ess–"

Kels Lächeln kippte. Die ganze Welt schwankte zur Seite. Lex wurde zuerst zu Boden gepresst und dann zur Seite geschleudert. Kels Schrei klang klein und fern. Wie auf einer Achterbahn. Sie versuchte nach Kel zu greifen. Stattdessen wurde sie gegen ein parkendes Auto geworfen.

Bremsen quietschten, überlagert vom Knall mehrerer Fahrzeuge, die ineinander fuhren. Splittern von Glas.

Dann war es mit einem Mal vorbei. Die Zeit fror ein. Niemand sprach. Nur die Alarmanlagen einiger Autos plärrten in die unheimliche Stille. Ein Kind fing an zu weinen, dann ein weiteres und die Welt drehte sich weiter.

8

Lex erhob sich vorsichtig, bewegte ihre Schulter. Offensichtlich war nichts gebrochen oder verrenkt. Sogar die Siegel waren verschlossen geblieben.

„Kel?“, erinnerte sie sich.

Die Meerjungfrau hatte wie durch ein Wunder ihr Gleichgewicht nicht verloren. Ihre weit aufgerissenen Augen wanderten hin und her.

Lex hielt den Atem an. Irgendwo weit, weit weg heulte eine Banshee. Die Straße sah wie nach dem Dreh einer Actionszene aus. Mehrere Fahrzeuge waren ineinander verkeilt, ein Auto steckte sogar halb unter einem Bus, aus dessen Innerem die Fahrgäste flohen. Menschen riefen durcheinander, übertönten beinahe die ausgelösten Alarmanlagen und das Weinen der Kinder. Lex sah Blut, hinkende Menschen. Aber niemand war tot. Sie setzte einen Stein frei, um die Schmerzen der Kinder zu dämpfen. Überraschtes Schweigen ersetzte das Weinen. Es war alles noch gut gegangen. Sie opferte noch einen Stein für ihre Schulter, bevor deren Schmerzen die Siegel erreichen konnten.

„Kel?“ Die Wildheit in ihren Augen machte Lex Sorgen … Angst. Kel zitterte und Lex streckte einen Arm nach ihr aus. Was war los? Sie war doch gar nicht verletzt worden.

„Kel!“, rief sie noch einmal.

Die Meerjungfrau sah endlich zu Lex auf, Panik in ihrem Gesicht.

„Komm her …“ Lex griff doch noch nach Kels Arm und zog ihren zitternden Körper an sich. „Was ist los?“, fragte sie, als das Zittern noch schlimmer wurde.

Kel schüttelte den Kopf, aus ihren geschlossenen Augen liefen Tränen. „Ich will weg“, flüsterte sie.
Lex zog sie zu einer Seitenstraße, die weniger Verwüstung versprach.
„Ich will weg“, wiederholte Kel. „Weg, weg, weg!“
„Wohin?“, fragte Lex und sah sich hilflos um. Es gab nicht viele Möglichkeiten, dem Chaos zu entkommen. Sie würden bald schon das Wasser erreichen.
„Weg von der Insel“, sagte Kel, als hätte sie Lex’ Überlegungen gehört.
„Ich weiß nicht, ob das geht“, gab Lex zu. Nach so einem Erdbeben wären die Tunnel vermutlich versperrt. Sie überlegte. Der Fährhafen war in der Nähe. Vielleicht konnten sie mit der Fähre aufs Festland kommen.

Sie rannten durch die Straßen, die mehr oder weniger das gleiche Bild wie vor dem Einkaufszentrum zeigten: Unfälle, Verletzte, teilweise zerstörte Gebäude.
Am Hafen wartete tatsächlich noch eins der weiß-grünen Boote Richtung Kowloon, denn sie waren nicht die einzigen, die das Chaos verlassen wollten. Wenn sie auch nicht wussten, ob sie auf dem Festland etwas anderes erwartete.

Auf dem Wasser fühlte es sich tatsächlich sicherer an. Kel hatte sich anscheinend beruhigt. Sie blickte starr auf die Bucht und die Insel hinter ihnen.
„Wie geht es dir?“, fragte Lex.
Die Meerjungfrau reagierte nicht.
Es war eine stille Überfahrt. Die anderen Passagiere unterhielten sich nur sehr leise über das Geschehene. Lex tastete

die Verletzungen an ihrer Schulter ab und versuchte, das Feuer unter Kontrolle zu halten. Denn jetzt kamen die Erinnerungen und die Angst. Sorge um Âyí. Lex wählte ihre Nummer – die alte Frau nahm nicht ab. Was alles und rein gar nichts bedeuten konnte. Sie ging nie ran, wenn Lex anrief.

Sie blickte auf das Festland, versuchte Spuren von Panik oder Zerstörung zu erkennen. Aber die Gebäude reckten sich makellos gegen den Himmel. Es gab keine panischen Menschen, die am Hafen auf die Fähre warteten. Kein Gebrüll von Sirenen.

Kaum dass sie angelegt hatten, verließ der größte Teil der Menschen eilig das Boot. Lex hörte Telefonate und Gesprächsfetzen. Festlandbewohner, die zu ihren Familien zurückkehrten, Touristen, die nicht auf der Insel festsitzen wollten. Die restlichen Passagiere bezahlten, um weiterhin auf dem Boot bleiben zu dürfen.

Kel folgte ihr, immer noch in Gedanken versunken, über den Steg. Beim Anblick der entgegenkommenden Menschen, die nicht die geringsten Anzeichen von Angst zeigten, wuchs Lex' Misstrauen.

„Auf eigene Gefahr!", warnte der Kapitän hinter ihnen. „Es gibt bestimmt noch ein Nachbeben."

„Wovon?", fragte eine Frau nach. „Es gab doch kein Erdbeben."

Natürlich begann daraufhin ein lauter Streit, wer denn recht hätte. Kel schien in sich zusammenzusinken und Lex zog sie weg vom Kai. Offensichtlich hatte es ein Erdbeben gegeben, das auf dem Festland nicht bemerkt worden war. Warum auch immer. Ihre Hand kribbelte in dem Versprechen eines Vertragsbruchs. Lex sah auf das lavendelfarbene Haar und die verkrampften Schultern darunter. Kel hatte bestimmt keine Ahnung, was ein Erdbeben war. Es wäre grausam, sie nach einer solchen Erfahrung auch noch die Konsequenzen eines Vertragsbruchs durchleben zu lassen.

„Wir sollten essen gehen“, sagte Lex und fluchte innerlich, als der Vertrag ihren Vorschlag auf ihre Haut zeichnete. Sie *mussten* essen gehen. Aber wo?

Sie sah den ICC vor sich, ein Glasmonument, das alle anderen weit überragte. Sie erinnerte sich, dass es ganz oben ein Restaurant gab. Oder eine Bar? *Die beste Aussicht in Hongkong. Wir gehen nächste Woche hin, versprochen!*, hatte Jian regelmäßig gesagt. Am Ende hatte es unzählige nächste Wochen gegeben, Aufträge, May … Jian hatte sie nie nach oben mitgenommen.

Ein Taxi brachte sie zum ICC und der Aufzug zu einem futuristischen Gang mit Empfang. Es brauchte nur einen von Lex’ Steinen, um ohne Fragen zu einem Tisch geführt zu werden. Entlang der Glasfront standen Touristen und bewunderten die Aussicht, im Augenblick war Essen jedoch wichtiger. Lex warf einen Blick auf die Karte und sank zurück auf ihren Stuhl. Sie waren richtig hier.

Lex bestellte für sie beide, denn Kel war immer noch nicht ansprechbar. Die Meerjungfrau hatte den ganzen Weg zum Tisch nur auf die hässlichen Fliesen gestarrt, die wohl einem Schildkrötenpanzer nachempfunden waren. Sie erwachte erst, als das Essen gebracht wurde: roher Fisch in allen Formen und Farben. Die Meerjungfrau roch vorsichtig an einem Stück und begann zu essen.

Lex lehnte sich zurück. Ihre Finger zitterten um ihr eiskaltes Glas, während sie trank. Das Feuer sank nur langsam hinab. „Es war ein Erdbeben vorhin. Das passiert, wenn …"
„Ich weiß", unterbrach Kel sie. Lange sah sie ihr Glas an und nahm dann zögernd einen kleinen Schluck. „Es gab schon eins. Ich weiß, was Erdbeben sind."
Lex biss sich kurz auf die Lippen und nickte. Aber wenn Kel Erdbeben kannte, warum hatte sie sich derart erschrocken?
Kel schlang ihr Sashimi in Rekordzeit hinunter und wandte sich dem Sushi zu. Sie lächelte flüchtig, als sie eines probierte. „Magst du keinen Fisch?", fragte sie mit einem Blick zu Lex' Teller.
Lex lachte. „Doch. Ich liebe Fisch", erklärte sie. „Ich darf nur keinen essen."
Kel begann, sich die Finger sauber zu lecken, und Lex zeigte auf die Serviette. „Warum darfst du keinen essen?", fragte die Meerjungfrau, während sie sich ungeschickt die Finger abwischte.
Die Frage war nur unschuldige Neugier. Unwissenheit. Jeder andere mit einem Bewusstsein für Magie wüsste sofort um die Gründe. Aber da Lex eh nicht glaubte, dass sie die Meerjungfrau bald – am besten niemals – wiedersehen würde …
„Ich bin verflucht", gab sie zu. „Wenn ich bestimmte Sachen tue, die meinem Körper oder anderen Lebewesen schaden, wird der Fluch schlimmer. Ich darf also keine Tiere essen."

Kel kaute nachdenklich, bevor sie nickte. „Wie eine Allergie."
Lex kaute langsam. Woher kannte Kel solch menschliche Begriffe? Wieder von den Banshees? „Wie eine Allergie", stimmte Lex zu. Vielleicht begriff Kel aber auch viel mehr, als es den Anschein hatte? Oder mehr, als Lex ihr zutraute? Es war nur fair, eine Frage zu stellen, die Kels offensichtliches Geheimnis offenbarte. „Was machst du hier in Hongkong?"
Kel rupfte die Rose aus eingelegtem Ingwer auseinander. Hatte es wie ein Vorwurf geklungen? Es musste doch unerträglich warm für sie sein. Sogar lebensfeindlich.
„Es ist ein Austausch", sagte Kel langsam und neigte den Kopf. „Genau, ein Austausch …"
„Wie ein Schüleraustausch?" Lex konnte es nicht glauben. Aber was wusste sie schon von den neusten Seltsamkeiten der Naturgeister? Und dann kam ihr ein erleuchtender Gedanke. „Mit den Banshees?"
Kel sah überrascht auf, lächelte dann. „Ja, mit den Banshees."
Das würde ihre Vertrautheit untereinander erklären, sowie das Touristen-Programm, auf das Kel bestanden hatte. Und das würde auch bedeuten, dass der angebliche Drogengebrauch vielleicht gar keiner war …
„Was nimmst du dann die ganze Zeit?", fragte Lex, um ganz sicher zu gehen.
„Verwandlungszauber." Die Meerjungfrau saß aufrechter, erwiderte Lex' Blick. „Es ist zu gefährlich, die ganze Zeit im Wasser zu bleiben."

Natürlich. Warum war Lex nicht selbst darauf gekommen? Ein seltsamer Mensch fiel weniger als eine Meerjungfrau im Wasser auf. „Wie hast du es dann nach Hongkong geschafft? Du bist nicht geschwommen, oder?“

Kel lachte über den Horror in Lex’ Stimme. Dann sah sie sich kurz um und beugte sich vor. Lex spiegelte ungewollt die Bewegung.

„In einer Flugmaschine. Glaube ich …“

„Glaubst du?“

Kel runzelte die Stirn und zuckte dann mit den Schultern. „Ich habe geschlafen. In einer Kiste.“

Lex lehnte sich wieder zurück. Wollte sie etwa sagen, dass sie im Frachtraum mitgereist war? Beim Gepäck? „Und wann gehst du zurück?“

Kel lächelte und sah weg. Studierte die Tätowierung auf Lex’ Arm. „In ein paar Tagen bin ich weg.“ Sie deutete auf Lex’ Schulter. „Du riechst nach Blut …“

„Willst du mich essen?“, scherzte Lex, um die Erinnerung an das Erdbeben nicht aufzufrischen.

Kels Blick hing sekundenlang auf ihrem Mund, bevor sie lächelnd wegsah.

Lex’ Herz reagierte zuerst, setzte für einen schmerzhaften Augenblick aus. Der Schmerz kroch von Siegel zu Siegel nach unten, verwandelte sich in ein Flattern und Ziehen. Das war nicht gut. Aber Lex musste auch lächeln. Die Meerjungfrau hatte es tatsächlich geschafft, sie zu überrumpeln.

Lex rief die Bedienung und bezahlte, führte Kel zum Panorama-Fenster. „Das solltest du dann auf jeden Fall sehen, bevor du weg bist.“

Deswegen wollte Jian sie also hierher bringen … Es war, als blickte man vom Himmel aus auf die Erde. Einige Wolken hingen genau unter dem Fenster, setzten optisch den Boden fort. Darunter sah man die Victoria-Bucht und die Insel. Als Elementar sah Lex noch mehr. Ihre Augen erfassten den gelegentlichen Schimmer der irisierenden Linien, die einem U-Bahn-Netz gleich die Erdoberfläche überzogen. Die Ströme.

Kel berührte die Glasscheibe und zog überrascht die Hände zurück. Sie lachte leise. „Wir stehen auf den Wolken …“ Es klang so viel Ehrfurcht in ihrer Stimme mit, dass Lex die Aussicht mit anderen Augen betrachtete. Eine Meerjungfrau sah Wolken, wenn überhaupt, immer nur von unten. Solche Anblicke blieben ihnen für immer verwehrt.

„Menschen kommen gerne hier hoch, um sich wie Götter zu fühlen.“

Lex drehte sich zu der fremden Stimme um. Ein Mann hatte sich zu ihnen gestellt, sein maßgeschneiderter Anzug genauso glatt gebügelt wie dessen Gesicht. Sein Blick kroch klebrig über Kel. „Oder Göttinnen“, fügte er mit einem Lächeln hinzu, das seine stahlgrauen Augen nicht erreichte.

„Es gibt keine Götter“, sagte Lex trocken.

Der Mann ignorierte sie. „Christian Jung“, stellte er sich vor und reichte Kel seine Hand.

Die verbarg ihre eigenen Hände hinter ihrem Rücken und rückte näher zu Lex. Alles an ihr schrie heraus, dass sie sich unwohl fühlte. Der Mann schien das bewusst zu ignorieren. *Was für ein Arsch!* Aber Männer mit nach hinten gegelten

Haaren waren Lex schon immer suspekt gewesen. Sie zog Kel an sich.

„Wie geizig!“ Der Mann schnaubte belustigt. „Nicht einmal ein Händedruck?“

„Ich teile nicht“, antwortete Lex und jedes Wort war ein glühendes Kohlestück in ihrem Mund.

Der Mann wandte endlich seinen Blick von Kel ab und musterte sie. Er verzog den Mund zu einem verächtlichen Lächeln. Es war offensichtlich, was gleich kommen würde. Aber Lex hatte keine Lust, sich anzuhören, Kel möge sich doch einen *richtigen* Mann suchen.

Zwei Steine – und eine Bedienung änderte ihren Weg, um in den Mann hineinzulaufen. Gläser zersplitterten auf dem Boden, während die bunten Cocktails den dunklen Stoff seines Anzugs tränkten. *Das wunderbare Timing des Universums!*

„Kannst du nicht aufpassen?“, schrie er die junge Frau an und bemerkte zum Glück nicht Lex’ und Kels Flucht.

Im Aufzug klammerte Kel sich an sie, hielt die Hand mit dem Vertrag gegen ihre eigene Brust gepresst. Ihre zittrige Wärme rief das Feuer. Die Siegel brannten und Lex hielt sie nur mit Mühe geschlossen. Der Schmerz sank hinab, sammelte sich in ihrem Unterleib. Nicht genug, um die Verwandlung zu erzwingen. Aber wenn sie nur einen Augenblick nachgab … Lex atmete dagegen an und konzentrierte sich auf die Aufzugsmusik. Kein Grund zur Sorge, wirklich. Es hatte nichts zu bedeuten, dass sie auf Kel reagierte.

„Ich will zurück“, sagte Kel im Foyer.

Lex führte sie schweigend zum Fährhafen, jeder Schritt von dem reißenden Schmerz einer unterdrückten Verwandlung begleitet. Sie sollte den Ausflug abbrechen und mit den Konsequenzen leben!

„Wer war er?“, fragte Kel, während sie auf die Fähre warteten. „Wer war der Mann?“
Lex zuckte mit den Schultern und vergaß für einen Augenblick den Schmerz. „Irgendein Mann“, antwortete sie. Ein Pädophiler, vermutlich. Diesen Gedanken behielt Lex für sich. Kel würde gar nicht wissen, was es bedeutete. Sie war ja immer noch ein Kind – und dieses Wissen erstickte augenblicklich die Verwandlung.
„War er so wie du?“
„Wie ich?“ Augenblicklich verschwand der letzte unangenehme Druck. Wie kam Kel darauf? Sie war ganz bestimmt nicht …
„Ein *Anderer*“, erklärte Kel und sah auf den Vertrag auf ihrer Hand. „Konnte er auch Magie?“
Oh … Lex sah sich nach einer Möglichkeit um, sich hinzusetzen oder zumindest anzulehnen. „Nein.“ Sie hatte nichts gespürt. „Er war nur ein Mensch. Er wollte dich … kennenlernen.“

Es war still auf der Insel. Lex hörte weder Sirenen noch Banshees. Kel hielt immer noch die Hand mit dem Vertrag fest an sich gedrückt, aber sie wirkte nicht mehr so klein. Nicht mehr zerbrochen.

„Möchtest du zurück? Zu den anderen?“ Wenn die Meerjungfrau zustimmte, könnte Lex den Vertrag mit minimalen Folgen auflösen.
Kel drehte sich zu ihr um. Ihr Blick kroch unverwandt über Lex’ Gesicht, ihre Oberlippe hob sich kurz. Etwas Raubtierhaftes lag in ihrem Ausdruck. Lex erinnerte sich an die Nadelzähne, daran, wie Kel die Kräuterkugel angesehen hatte.
„Nein“, sagte die Meerjungfrau und sah endlich weg. „Ich möchte nur … Ich glaube, ich mag Menschen nicht.“
„Was magst du dann? Gegenstände? Dinge?“, fragte Lex und unterdrückte einen Seufzer.
Kel sah sich um, bevor sie mit den Schultern zuckte und nickte. Hongkong ohne Menschen existierte nicht. Lex kannte jedoch zum Glück die wenigen Orte, an denen es mehr *Andere* als Menschen gab.

Lex beobachtete aus dem Taxi die Straßen. Nichts erinnerte an das Erdbeben. Die Menschen gingen ihrem Leben nach, der Verkehr floss wieder. Dieses Bild stärkte den Eindruck, das Beben nur geträumt zu haben. Nur die Prellung an ihrem Arm bewies das Gegenteil. Und Kels zitternder Mund, während diese gebannt auf die vorbeiziehenden Straßenzüge blickte.
Lex zog ihre Hand zurück, die sie instinktiv nach Kel ausgestreckt hatte. Sie wünschte sich, sie könnte unauffällig den Kopf gegen die Fensterscheibe schlagen. Was hatte sie sich dabei gedacht? Die Hitze in ihrer Brust tropfte wieder hinab, initiierte die Verwandlung.
„*Cats Street Market*“, kündigte der Fahrer an.

Kel stolperte beim Aussteigen. Ihre Augen waren auf die unzähligen Stände im Inneren der Straße gerichtet. Lex verneigte sich leicht vor dem verborgenen Wächter, der ihnen mit einem Nicken am Anfang der Straße Einlass gewährte.

Sie bahnten sich einen Weg durch die Touristen und bunten Stände. Lex steuerte Kel an den ausgebreiteten Decken und Tischchen mit Kleinkram vorbei: alte Uhren, Münzen, Anstecker, Gebetsperlen. Alles in alten Schüssel oder Metalldosen dargeboten. Kel griff immer wieder nach dem Miniatur-Geschirr und den winzigen Figürchen, die kleinen Soldaten gleich dazwischen standen.

Hier wenigstens gab es Spuren des Erdbebens. Zusammengekehrte Scherbenhaufen zwischen den Ständen, eine Markise, die aus ihrer Halterung gerissen war …

„Wer sind sie?", fragte Kel. „Menschengötter?"

Lex sah verwirrt auf die Poster, auf die Kel deutete, und musste lachen. Mao und Bruce Lee starrten unbeeindruckt zurück. „Ja, so ungefähr."

Kel studierte ehrfürchtig die Bilder, was Lex wieder ein Lächeln entlockte. Ihre Ohrstecker erwärmten sich warnend. Sie bemerkte, dass der Verkäufer sie aus dem Inneren seines Ladens beobachtete. Ein Werwolf. Lex verneigte sich vor ihm. Erst nach einigen Sekunden nickte der Werwolf kaum merklich zurück. Die Wärme der Ohrstecker ließ aber nicht nach. Die Wolfsaugen waren auf Kel gerichtet, er atmete durch den geöffneten Mund.

„Ist einer von den beiden ein Schutzgott?", fragte Kel.

Lex schüttelte den Kopf. Sie sollten schnell weitergehen. „Nein, keiner", sagte sie und zeigte zum Nachbarsstand, auf dem sich Videokassetten von Bruce Lees Filmen stapelten. „Aber da gibt es noch mehr."

Es wurde schlimmer, je weiter sie gingen. Jeder der *Anderen* erkannte Kel nicht nur als eine von ihnen, sie schienen auch zu wissen, dass sie eine Meerjungfrau war. Anders konnte sich Lex die ganze Aufmerksamkeit nicht erklären. Immer wieder wanderten die Blicke auch zu ihr. Manche spürten Lex' Magie, andere sahen ihre Tätowierungen. In allen Augen stand die gleiche Frage: Wer war sie und was hatte sie mit einer Meerjungfrau zu schaffen?

Kel schien der Aufmerksamkeit gegenüber blind zu sein. Ihre Finger wanderten ununterbrochen über Figuren und Bilder, von Stand zu Stand.

„… Foster." Ein alter Mann zeigte auf sie und dann auf Kel, während er einem Ladenbesitzer etwas zuflüsterte.

Die Siegel prickelten, wo die Wunden erneut aufrissen. Es war ein Fehler gewesen, hierher zu kommen. „Komm, gehen wir weiter", bat Lex.

Kel murmelte etwas, studierte weiterhin eine Miniaturteekanne auf ihrer Handfläche. Wenn jemand jetzt angriffe, würde sie Kel kaum verteidigen können. Sie waren zwar in einer Schutzzone, aber man hatte schon Schlimmeres für Meerjungfrauenblut getan. *Du denkst nie zu Ende durch!*, klang die Stimme ihres Onkels in ihren Ohren, ein unterdrücktes Seufzen inklusive.

„Kel, bitte …" Als die Meerjungfrau immer noch nicht reagierte, griff Lex nach ihrer Hand. Die eisigen Finger zuckten überrascht, bevor sie sich mit Lex' verwoben. „Gehen wir weiter", bat Lex wieder. Diesmal folgte Kel ihr.

Sie kamen nicht weit – mehrere *Andere* versperrten ihnen den Weg. Lex unterdrückte das Verlangen, sich umzudrehen und zu schauen, ob sie umzingelt waren.
„Wo hast du sie her?“, fragte ein Werwolf und versuchte nach Kel zu greifen.
„Wir sind auf geschütztem Land!“ Lex presste Kel an sich, schlug die Hände des Werwolfs weg. „Lass mich vorbei!“
„Sonst was?“, fragte der Werwolf. Er lachte und stieß seine Begleiter an, damit sie mit einfielen. Ein Mann, der tatsächlich nur ein Mensch zu sein schien, zog ihn am Arm zurück und zischte ihm etwas zu. Lex hörte jedoch ihren Namen und ihr Herz schlug etwas langsamer. Sie wussten, wer sie war! Und nicht von dem Fluch, der es ihr unmöglich machte, ihr Feuer einzusetzen. Sie hatten tatsächlich eine Chance.
„Und wenn schon!“ Der Werwolf schubste den Menschen zurück und richtete seinen Blick auf Kel. „Ich will sie nur ein bisschen anritzen …“ Sein Arm schnellte nach vorne, die Nägel zu Krallen transformiert.
Lex trat aus und traf ihn am Oberschenkel. Der Wolf taumelte nach hinten, wurde von seinen Begleitern aufgefangen. Für einen Augenblick erlaubte Lex sich die Befriedigung, ihrer Wut nachgegangen, sich gewehrt zu haben. Aber das Feuer loderte zu hoch auf, Lex' Wut war wie reines Benzin.
Der Werwolf sprang knurrend auf sie zu und schlug ihr ins Gesicht. Schmerz explodierte um ihren Kiefer, floss an ihrer Lippe zusammen. Lex schmeckte Blut. Sie wäre hingefallen, wenn Kel nicht gewesen wäre. Die Meerjungfrau umklammerte schmerzhaft ihre Mitte, hielt sie fest. Lex

drückte sie von sich weg, um sich auf den Werwolf zu stürzen.
Aber Kels Griff wurde eisern. Sie hielt sie nicht einfach fest. Kel hielt sie zurück. Und auch wenn Lex dankbar dafür war, das Feuer war es nicht. Es trieb sie in Richtung des Angreifers, malte Bilder in Lex' Gedanken, wie sie diesem einen Feuerschwall in den Rachen schoss und ihn von innen heraus verbrannte.
Dann zuckten sie alle zurück: „Stopp!" Der Marktwächter war nicht mehr als ein Schatten, ein Lichtspiel mitten in der Luft. Seine Präsenz schob sie alle auseinander. Lex blickte zu Boden und ließ sich diesmal von Kel wegziehen. „Auseinander", befahl der Wächter und der Werwolf lief mit seinen Freunden an ihnen vorbei. Lex ging zittrig weiter, folgte der Gasse in die entgegengesetzte Richtung, unfähig, dem Befehl zu widerstehen.

Sie waren nur wenige Schritte gegangen, da brachen die Wärme und der Schmerz in den Siegeln so plötzlich ab, dass Lex stehenblieb. Die alte Frau, die auf einem Hocker am Eingang ihres Ladens saß, lächelte ihnen freundlich durch den Rauch ihrer Pfeife zu. Lex verneigte sich. Es gab keine Magie um sie herum, nur eine Art Vakuum, die Lex von Âyí kannte.
„Willkommen, Mazu!", grüßte die Schamanin Kel mit einer Verbeugung; der Name der Wassergöttin klang viel zu übertrieben für die Meerjungfrau. „Kommt herein!"
Die alte Frau klopfte die Pfeife aus und schob sie in eine Tasche ihrer vielen Röcke, bevor sie sich erhob und den Perlenvorhang für sie zur Seite hielt. Sie neigte ihren

schneeweißen Kopf wieder vor Kel. Es war mit Abstand der freundlichste Empfang, den sie bisher erhalten hatten, und die Siegel schwiegen endlich. Das überschüssige Feuer verpuffte, als wäre es nie da gewesen. Lex warf einen Blick nach hinten und folgte Kel hinein.

Sie atmete gleich leichter in dem kühlen Inneren, wischte sich zittrig über das Kinn. Blut überzog ihren Handrücken. Die Klimaanlage ratterte über dem Schaufenster, der Luftzug bewegte zahlreiche Glöckchen, Perlen und Windspiele. Es war ein guter Ort. Die Präsenz der Schamanin zog weiter das Feuer aus den Siegeln, bündelte die Magie im Raum zu kleinen Wirbeln und Bächen. Daher ließ Lex Kel herumgehen und alles berühren. Die Schamanin gab sich Mühe, Kels Fragen zu den einzelnen Waren mit ihrem wenigen Englisch zu beantworten.

Lex trat zu einem Messinggong, um sich besser sehen zu können, und versuchte mit einem Taschentuch das restliche Blut wegzubekommen. Sie schob die Gedanken daran, was passiert wäre, wenn der Wächter nicht eingegriffen hätte, zurück. Wenn Kel sie nicht zurückgehalten hätte … *Wenn ich nur ein Mal etwas richtig durchdacht hätte!*

„Hier", sagte die Schamanin, nachdem Kel ihre Runde durch den Laden gemacht hatte, und hielt ihr eine Schüssel mit Glücksmünzen hin. „Nimm. Für Glück."

„Greif rein und nimm eine", riet Lex. Die Schale enthielt leider nur neue Münzen, wie es schien. Normalerweise wurden solche Münzen nur als Glücksbringer hergestellt, an die die Menschen glauben konnten. Wenn sie jedoch lange genug in einer Umgebung wie dieser lagen, war es nicht ausgeschlossen, dass sie gute Magie absorbierten und tatsächlich etwas bewirkten.

Kel versenkte ihre Finger in den schweren Münzen und fischte eine von ihnen heraus. „Was bedeutet das?", fragte sie die Schamanin, die beim Anblick von Kels Wahl zufrieden nickte. Bevor die alte Frau antworten konnte, klingelte das Telefon neben der Kasse und sie eilte davon.

„Zeig her … Da hast du aber wirklich Glück gehabt", sagte Lex, als sie den winzigen Kreis sah. Die Münze war entgegen ihrer Erwartungen antik, mit türkiser Patina überzogen. Lex rieb mit dem Daumen die Rückseite, bis die Symbole sichtbar wurden.

„Was steht darauf?" Kel sah angestrengt auf die winzigen Bilder.

Lex fuhr jedes mit dem Finger nach und zählte auf. „Schlange, der Große Wagen – das ist ein Sternbild –, ein Schwert und die Schildkröte."

„Schildkröte?", fragte Kel nach. Sie griff wieder nach Lex' Hand.

„Ja, es ist ein Tier … Du kennst es doch. Eines der fünf himmlischen Tiere. Der Tiger, Drache und Phönix stehen zusammen mit der Schildkröte für die vier Richtungen und Elemente. Die Schlange ist die Mitte."

„Schildkröte steht für Wasser …"

„Ja, genau." Lex reichte ihr die Münze. „Alle Bilder stehen zusammen für die Abwehr von dunklen Mächten. Pass gut darauf auf."

Kel sah nicht überzeugt aus. Sie trat einen Schritt zurück. Lex drückte ihr die Münze in die Hand, schloss ihre Finger darum. Sie könnte es in der Menschenwelt bestimmt gut gebrauchen.

Draußen kündigte die Wolkendecke Regen an. Keinen Augenblick zu spät. Kels Gesicht und Schultern waren mit winzigen Flecken überzogen. Man könnte meinen, es wären Sommersprossen. Es waren jedoch verbrannte und ausgetrocknete Schuppen, die auch der Zauber nicht zu tarnen vermochte.

Kel sah tatsächlich erschöpft aus. Sie schaute sich nicht mehr die Auslagen an, sondern folgte schweigend Lex. Wieder verlor Lex' Hand einen Teil des Vertrags. Sie hatten wohl genug von Hongkong gesehen.

„Auch genug von den menschlichen Dingen?", fragte Lex.

Die Meerjungfrau antwortete nicht. Lex sah zu den Wolken auf, der Regen würde noch auf sich warten lassen. Kel sollte ins Wasser, am besten ans Meer. Aber wohin? Sie konnten unmöglich an den Strand. Es gab nur einen Platz, an dem sie nicht auffallen würden, sogar alleine wären. Blieb nur die Frage war, ob sie Kel hinbringen wollte. *Dieser Ort ist das Schönste in ganz Hongkong! – Nicht so schön wie du.* Mays Lachen klang in ihren Erinnerungen nach.

Der Eingang war eine Tür in einem Maschendrahtzaun, der oben mit Stacheldraht gesäumt war. Wie jedes Mal hatte Lex das Gefühl einzubrechen, diesen Ort unerlaubt zu betreten. Kel schwieg, so wie sie es die Fahrt über getan hatte. In ihrer Hand hielt sie immer noch die Münze fest. Lex' Finger kribbelten in dem Wunsch, die andere Hand zu ergreifen, um die Meerjungfrau aus ihrer Schweigsamkeit herauszuziehen.

„Es ist so grün“, flüsterte Kel endlich, als sie die Stufen hinabstiegen.

Lex atmete erleichtert aus und strich über das Geländer, das auch grün war. „Ja, ist es.“ Sie konnte ihr eigenes Erstaunen, ihre Sehnsucht nicht verbergen. Sai Wan war eine Traumwelt, ein Ort voller Erinnerungen und Schmerz. Ein Zuhause in einem fremden Land.

Sie gingen an dem „Schwimmhäuschen“ vorbei, das nichts von einem Schuppen an sich hatte, obwohl sein Name das versprach, und hörten Stimmen unter sich. Natürlich war jemand hier. Ein Pärchen stand am Steg und fotografierte die Aussicht.

Lex hielt Kel auf; sie blieben oben am Geländer stehen. Vor den kleinen Buddha-Statuen zu ihren Füßen lagen Blüten, Obst und angeknabberte Reiskuchen. Rosa Augen blinzelten aus dem Schatten einer Statue, bevor eine bekrallte Pfote einen Klumpen Reis aus dem Kuchen riss. Lex lächelte den Dämon an, der sich in seiner Rattengestalt ins Licht traute. Sie schubste Kel, um ihr den Dämon zu zeigen. Die Meerjungfrau hatte aber nur Augen für das Wasser.

Die Luft schien sich zu verdichten, Wasser aus sich zu pressen. Die Flecken auf Kels Haut verblassten.

Lex nahm den Regen erst wahr, als das Paar ihre Kameras wegpackte und den Steg verließ. Lachend liefen die beiden an ihr und der Meerjungfrau vorbei. Lex hörte jedoch ein anderes Lachen, sah dunkle Haare an sich vorbeiziehen.

„Kann ich jetzt hin?“, fragte Kel. Da war etwas in ihrer Stimme. Sehnsucht? Qual?
„Klar. Du kannst auch ins Wasser.“ Kel zeigte fragend auf das vorbeifahrende Boot und Lex zuckte mit den Schultern. „Es macht zwar keiner mehr, aber man darf hier schwimmen gehen.“
Kel ging schweigend die Stufen hinab, zog ihre Schuhe aus, bevor sie sich zögernd dem Wasser näherte. So stand sie dann da. Mitten im Regen, die Haare nass und fast violett. Das Kleid klebte an ihrem Körper …
Das Handy drückte durch den Stoff von Lex’ Tasche. Aber sie hatte keinen Grund, es herauszuholen. Es war nicht ihr Moment. Es war nicht *ihre* Kel. Sie holte das Handy trotzdem heraus. Eine Nachricht von Âyí. *Alles gut.* Lex lächelte und blätterte ihren Fotoordner durch. Ihre Mundwinkel fielen hinab. Nichts war gut.
Sie schaute auf das Bild, das den gleichen Ort zeigte, eine andere Zeit. Eine andere Frau. Mays dunkle Haare erhoben sich wie ein Schleier im Wind. Ihr Gesicht war dem Meer zugewandt. Lex’ Finger schwebte über dem Bildschirm. Nur eine Berührung, um einen Moment auszulöschen. Sie blickte hoch zu Kel, die regungslos aufs Meer und zu der Nachbarsinsel schaute. Vielleicht hatte sie auch gerade die Augen geschlossen. Wer wusste das schon …
Lex löschte das letzte Bild von May. Jians Fotos hatte sie schon vor Monaten vernichtet. Sie packte das Handy weg und streckte ihre Finger durch, aber das Zittern ließ nicht nach. Die Luftfeuchtigkeit sickerte in das Feuer, dämpfte es. Es machte Lex träge, fast schon krank. Die Haut an den

Siegeln spannte sich in der Erinnerung, wie sie zum ersten Mal hierhergekommen war.
Nach dem Fluch. Nur halb bei Bewusstsein. Und sie hatte gewartet … Darauf, dass die Schmerzen endlich nachließen. Dass ihr Körper die Siegel akzeptierte.
Sie wartete auch auf May. Auf eine neue Chance. Die Hoffnung stieg in Klumpen ihre Brust hoch, erstickte sie. Wenn May ihr vergeben würde, wäre alles wieder gut. Der Fluch würde augenblicklich von ihr fallen.
Sie zwang ihren Blick zu Kel zurück. So, wie der Stoff um ihre Beine klebte, konnte Lex deutlich die Meerjungfrau in ihr sehen. *Die Wassergöttin*, wie die Ladenbesitzerin sie betitelt hatte.
Kels weiße Haut verschmolz mit dem Weiß des Kleides. Sie schlang die Arme um sich, rieb ihre Oberarme. Und Lex fiel. Sie wurde hinuntergerissen von dem Drang zu berühren, zu fühlen … Die Abwärtsbewegung einer Schaukel. Wie lange war das her? Lex schluckte ein Lachen hinunter. Es brauchte *so* wenig, um die Verwandlung in Gang zu setzen?
Sie sah weg, beobachtete das Flugzeug im Landeanflug. Die Möwen. Irgendetwas.

Die Sonne durchbrach die Wolken, noch bevor der Regen ganz aufgehört hatte. Die Tropfen klingelten in den Blättern der Bäume. Lex sah doch wieder zurück zu Kel und bereute es. Die Meerjungfrau glänzte in dem Sonnenschein, als ob ihre Fischschuppen wieder sichtbar wären. Sie lächelte und Lex erwiderte es. Und während Kel auf sie zukam, immer noch lächelnd, war sich Lex sicher, dass sie sich gleich in ihre Arme schmiegen würde. Sie hörte ihren eigenen Aufschrei, weil Kel nass und kalt war, hörte auch ihr Lachen.

Der Verband spannte sich um ihre Rippen, wurde heiß und klebrig. Lex strich darüber, versuchte ihr Lächeln unter Kontrolle zu bringen, als Kel tatsächlich vor ihr stand. Es gab natürlich keine Umarmung. Und ein winzig kleiner Teil von ihr fragte sich: Warum nicht? Warum nicht wenigstens eine Umarmung? Es war über ein Jahr her … Hatte sie nicht genug gebüßt? Reichten die Schmerzen nicht einmal für so etwas Lächerliches wie eine Umarmung?

„Ich habe Hunger", sagte Kel. Sie war wieder anders. Ihr Lächeln leicht und warm, wie der Sonnenschein, der sie umgab.

Lex begrüßte die Wärme auf ihrer Handfläche, die Ergänzung des Vertrags. „Ich kenne ein tolles Lokal", antwortete sie. Denn warum nicht auch diesen Ort mit einer neuen Erinnerung überschreiben? Mit Kel. „Aber so kannst du nicht hin …"

Weiter kam sie nicht, denn Kel schob die Träger von ihren Schultern. Lex konnte nicht einmal protestieren, bevor das Kleid in einem nassen Haufen zu Kels Füßen klatschte. Sie kramte stattdessen nach den Shorts und dem T-Shirt, der Anblick der nackten Haut und nassen Unterwäsche in ihre Iris eingebrannt, als hätte sie zu lange in die Sonne geschaut. Lex beobachtete aus den Augenwinkeln, wie Kel in die Shorts schlüpft, und bemerkte dann den Blutfleck auf dem T-Shirt. Da gab es nicht viel, was sie tun konnten. Lex riss den Stoff auseinander, dabei den Streifen mit dem

Blut heraus und band die herabhängenden Enden zusammen.
Kels Blick lag schwer auf ihrem Gesicht. Ihr Geruch war jetzt klar und rein – nur Sand und Salz und Meer.
„Gar nicht so schlecht", murmelte Lex, während sie ihre eigene Kreation betrachtete.
Kel betastete ihren nackten Bauch und Lex folgte unweigerlich der Bewegung ihrer Hände.
Es war egal, was Kel anhatte, stellte sie fest. Niemand würde ihre Kleidung beachten.
Kel wrang unbeholfen das nasse Kleid aus und stopfte es in ihre Tasche.

Lex sah ein letztes Mal zu dem Steg. Sie sollte mal wieder herkommen. Es war schon lange nicht mehr Mays Ort …
„Werden wir wieder Fisch essen?", fragte Kel auf dem Weg nach oben.
Lex versuchte sich an das Menü des Restaurants zu erinnern, denn auch dort lag ihr Besuch zu lange zurück. „Vielleicht …"
Ein Glitzern fing ihren Blick. Bei jedem Schritt rutschte der Saum von Kels Shorts ein Stück nach oben und zeigte den Ansatz ihres Pos. Und genau dort bedeckten einige Fischschuppen die Haut, brachen das Licht zu winzigen Regenbögen. War die Dosis zu klein gewesen?
Lex steckte die Hände in die Jeanstaschen. Ihre Fingerspitzen erwärmten sich von imaginären Berührungen. „Kel?" Sie musste es einfach wissen. „Wie alt bist du eigentlich?"

Der Jeansstoff verbarg die Regenbögen und die Schuppen.
„Warum?", fragte Kel zurück.
Lex sah ratlos zu ihr auf. Sie konnte ihr schlecht sagen, warum … Aber Kels Grinsen nach zu urteilen, brauchte sie das auch gar nicht. Lex erwiderte Kels Blick, lächelte über ihre eigene Verlegenheit. Über den Schock, die Grübchen zu sehen. Warum sah sie die erst jetzt? Lex lächelte weiter, um den Schmerz zu verbergen, als die Verwandlung ihren Körper erneut zu unterwerfen drohte. Sie schluckte hart und blickte doch noch weg.
„Ich bin vierzig", wehte Kels leise Antwort herab, während sie die Stufen weiter hochstieg.
„Also doch so jung …", flüsterte Lex. Unter Wasser floss die Zeit langsamer. Das Wissen, dass Kel genauso alt wie sie selbst war, zog an ihrem Feuer. Sie grub ihre Hände fester in die Taschen, als das Regenbogenspiel von Neuem begann.

9

Und wenn ich der Verwandlung einfach nachgebe? Es dämmerte draußen, während sie abermals in einem Taxi saßen – ein Luxus, der Kels Geldstapel zu verdanken war. Lex rutschte auf dem Sitz herum und studierte ihre eigene Kleidung.
Würde Kel den Unterschied merken? Lex selbst würde nicht sehr anders aussehen und die Kleidung würde den Rest ihrer Verwandlung verbergen. Ihre Stimme würde sie eventuell verraten, aber Kel und sie sprachen sowieso kaum miteinander. Die Schmerzen würden endlich verschwinden, dieses nagende Gefühl, etwas sei falsch.
Sie sah zu Kel, die die vorbeiziehenden Straßen beobachtete, ihr Gesicht mit Streifen aus Licht bemalt. Nein, Lex konnte ihr das nicht antun … Wenn Kel doch den Unterschied merkte und deswegen Panik bekam, wäre es Lex' Schuld, wenn der Meerjungfrau etwas geschehen sollte.

„Warte …" Lex zog Kel am Eingang zu *Duddel's* zur Seite. „Gib mir dein Kleid."
„Warum?" Kel schob die Tasche hinter ihren Rücken.
„Weil du so nicht reinkannst." Lex deutete auf Kels Shorts. „Es wäre nicht … nett", erklärte sie auf Kels misstrauischen Blick hin.
Es mochte am Universum oder schlichtweg an der Uhrzeit liegen, aber für Sekunden war kein Mensch nah genug, um Lex' Zauber zu sehen. Kels Kleid flatterte im Wind auf, wurde sauber und trocken. Kel zog es über ihre Kleidung.
Lex musste sich danach an der Wand festhalten. Es war kein weltbewegender Zauber, die Steine brachten das

nötige Opfer. Aber selbst dieses bisschen Magie zehrte langsam an ihren Reserven. Lex strich über ihre Ohrstecker, zählte die übrigen Steine. Nur noch zwei Stück … Die würde sie für Notfälle aufbewahren müssen.
Sie blickte prüfend zu Kel, die ganz unbefangen ihre Shorts auszog und in ihre Tasche stopfte. Ihre Haare waren in Wellen getrocknet und auch sonst sah sie exotisch aus. Schön. Sie hatte genug von einer Fashion-Bloggerin, um ihnen beiden den Einlass zu sichern.

Die Empfangsdame schreckte überrascht von ihren Notizen hoch, überspielte es jedoch augenblicklich mit einem Lächeln. „Guten Abend!“
Lex fluchte innerlich, denn sie kannte die junge Frau mit dem asymmetrischen Haarschnitt.
„Für zwei?“, fragte diese strahlend und nahm zwei Menükarten mit. Sie folgten ihr in den Nebel aus Jazz-Musik. Es war noch früh, die Gäste saßen weit auseinander. Das verstärkte das Gefühl, in einem Wohnzimmer zu sein, zu Besuch bei Freunden.
Die Empfangsdame wies auf einen Tisch. Auf *den* Tisch. Lex fluchte wieder und zwang sich zu einem Lächeln. Natürlich erinnerte sie sich an Lex, aber offensichtlich nicht an May …
„Ist draußen noch etwas frei?“, fragte sie auf gut Glück, denn draußen war nie etwas frei.
„Ja.“ Wieder ein Lächeln, diesmal blickte sie Kel an. „Folgen Sie mir bitte.“
Auf der Gartenterrasse leuchteten bereits die Laternen zwischen den Pflanzen. Sie waren die einzigen Gäste hier. Lex

blieb zögernd an einem Tisch stehen. Alle waren mit einem Reserviert-Schild versehen.

„Wir haben eine geschlossene Gesellschaft in zwei Stunden“, erklärte die junge Frau und zwinkerte Lex zu. „Eine Hochzeit. Jemand ist gleich bei Ihnen“, versprach sie und nahm das Schild vom Tisch mit.

Lex sah Kel die Frage förmlich an, aber die Meerjungfrau fragte zum Glück nicht, was eine Hochzeit sei. Lex zählte währenddessen erneut ihre Steine. Zum Glück waren noch beide da. Langsam wurde sie paranoid. Es war ja nicht so, als hätte sie jemals unbewusst einen Zauber gewirkt. Aber sie musste auch zugeben, dass sie noch nie derart von dem Schmerz und Druck der Verwandlung abgelenkt gewesen war.

Kel blickte immer wieder zurück ins Innere, schien der Musik folgen zu wollen. „Haben das wirklich Menschen gemacht?“

„Was?“ Lex folgte ihrem Blick.

Kel zeigte auf eines der ausgestellten Bilder. „Die Bilder … und die Musik.“

Lex nickte. Vielleicht hätte sie nicht nach einem anderen Tisch fragen sollen. Es war doch nur ein Möbelstück. Sie hatte Kel bereits zu Sai Wan mitgenommen. Wovor hatte sie Angst? Dass May wieder auftauchte? An ihren Orten?

„Denkst du, ich könnte das auch?“ Kel zupfte an ihrer Serviette herum. „Musik machen? Oder Bilder?“

Lex schwieg. Sie mochte die Antwort nicht, die ihr auf den Lippen lag. *Ich könnte es dir zeigen. Beibringen. Dich sogar in Kurse reinschmuggeln …*

„Klar“, antwortete sie stattdessen. „Ich bin mir sicher, dass du das könntest.“

Offenbar war das die falsche Antwort. Kel sank ein kleines Stück in sich zusammen, ließ die Serviette los.

Sie bestellten und aßen in der Stille, durch die Glastüren und Pflanzen von der Außenwelt abgeschnitten. Lex ließ ihr kurzes Gespräch keine Ruhe. *Ich bin mir sicher, dass du das könntest.* Natürlich konnte Kel das nicht. Unter Wasser gab es weder Musikinstrumente noch Farben. Ein grauenhaftes, tristes Leben. Nein, das war natürlich Blödsinn. Vielleicht bemitleideten die Meeresbewohner ja die Menschen, weil sie andere, schönere Arten von Unterhaltung und Kunst hatten.

„Hast du das schon mal ausprobiert? Bilder und Musik? Macht das Spaß?“ Kel nahm das Thema offenbar ziemlich mit.

„Ich kann zeichnen“, erzählte Lex. „Auch ein bisschen malen, aber nicht … so.“ Sie zeigte auf die Bilder im Innenraum und versuchte die richtigen Worte zu finden, um ihren Mangel an Talent zu erklären. „Ich bin keine Künstlerin. Das kann ich nicht. Da fehlt mir etwas.“

„Und Musik?“

Lex rieb mit dem Daumen über die Narbe an ihrem Zeigefinger und musste lächeln. „Ich habe es einmal versucht. Ich war so schlecht, dass ich ziemlich sauer geworden bin.“ Die Wahrheit war, dass sie sich in ihrer Ungeduld und Wut an den Metallsaiten der Gitarre beinahe den ganzen Finger abgetrennt hatte. Sie zeigte Kel die Narbe. „Musik ist also nichts für mich.“

Kel griff nach ihrer Hand, strich über den blassen Streifen Haut, der nicht mal mehr Lex' Feuer in sich tragen konnte. Kels Gesicht war schwer zu lesen. War sie erleichtert? Beruhigt, dass es nicht einmal allen Menschen vergönnt war, Kunst zu produzieren? Kels Finger glitten kühl über die Handfläche mit dem fast leeren Vertrag, zeichneten ihn nach, wanden sich um Lex' Finger. Die Berührung war unmissverständlich, schickte einen süßen Schmerz durch Lex' Unterleib. Es wäre so einfach loszulassen, sich zu verwandeln! Lex räusperte sich und sah auf ihre verwobenen Finger hinab. Sie sollte ihre Hand wegziehen. Aber war es nicht langsam zu spät dafür? Es gab nichts mehr zu verbergen.

„Wir sollten gehen …" Und was danach? Der Vertrag wäre erfüllt. Viel zu früh. Was sollten sie die restlichen Stunden unternehmen?

Augenblicklich fluteten Bilder ihren Kopf … Von Kels Haut, von Wassertropfen auf ihren nackten Beinen. Lex zog ihre Hand doch zurück, drückte die Fingernägel in ihren Oberschenkel, bis der Schmerz ihr die Tränen in die Augen trieb. Gerade noch genug, um die Verwandlung abzuwenden. Sie sollten schnell weg hier …

Lex bezahlte und rannte förmlich an der Empfangsdame vorbei nach draußen.

„Wo gehen wir hin?", fragte Kel, nachdem Lex die Taxis ignoriert hatte.

„Zur Bushaltestelle. Wir nehmen den Bus zum Flughafen. Dann siehst du mehr. Hongkong ist noch schöner bei Nacht."

Kels Schulter streifte ihren Arm und Lex ließ sie. Sie legte sogar den Arm um die Meerjungfrau und zog sie an sich, denn vom Wasser her zog kalte Luft über die Insel. Kels Lachen und Haare streiften ihre Lippen. Was tat sie hier? Nicht mit dem Vertrag an ihrer Hand! Sie könnte ihn ohne Kels Zustimmung erweitern und sie beide in Schwierigkeiten bringen.

„Was willst du eigentlich am Flughafen?“, fragte Lex an der Haltestelle. Ein Flughafen war nicht gerade eines der üblichen Ausflugsziele. Disneyland wäre es gewesen.

Kel blickte nach oben zum nebligen Himmel. „Ich will die Sterne sehen.“ Ihre Stimme wurde ganz leise, ging fast in den Geräuschen des ankommenden Busses unter. „Sehen, wie man fliegt …“

„Warum schwimmst du nicht einfach rüber?“

Kel schien ihre Frage nicht gehört zu haben.

Im Bus saßen sie schweigend nebeneinander. Handrücken an Handrücken.

„Halt den Mund!“ Den groben Worten folgte Gelächter. „Wenn ich es dir doch sage!“ Die wenigen Fahrgäste blickten zu den beiden jungen Männern, die sich gegenseitig schubsten. Kel griff nach ihrer Hand, jagte eine Welle aus Erleichterung und Schmerz durch Lex’ Körper.

„Sieh her …“ Schrille Musik eines Handyspiels füllte den Gastraum. „Jedes Mal ziehe ich den gleichen Preis. Es ist wie Zauberei!“ Einer der Männer hielt sein blinkendes, applaudierendes Handy seinem Begleiter ins Gesicht.

„Ist es Zauberei?“, fragte Kel.

Lex zuckte mit den Schultern und sah sich um, bevor sie weitersprach. „Kann sein. Jeder Mensch trägt Magie in sich.

Kann sie bis zu einem gewissen Grad einsetzen. Manche finden immer irgendwo Geld, andere können selbst Wasser köstlich schmecken lassen. Die Allerwenigsten sind sich dessen jedoch bewusst …"

„Dann kann ich auch Magie?"

„Nein", sagte Lex und das anfängliche Leuchten verschwand aus Kels Gesicht. „Du bist bereits Magie."

Sie biss sich auf die Lippen, weil ihre Worte missverstanden werden konnten. Kel wandte ihr Gesicht ab, aber Lex konnte die Spiegelung ihres Lächelns in der Fensterscheibe sehen. Wenigstens hatten ihre Worte nicht zu einem Austausch geführt, der Flirten näher gekommen wäre, als Lex lieb war. Im Augenblick war sie Kels Flirtversuchen nicht gewachsen.

Kel ruckte plötzlich auf ihrem Sitz herum, ihr Gesicht vor Schmerzen verzogen. „Lex? Irgendetwas stimmt nicht …" Sie krümmte sich zusammen und kippte auf Lex' Schoss.

Lex versuchte, sie aufzurichten, aber Kels Krämpfe machten es unmöglich. „Was ist denn los?", zischte Lex, versuchte ihre eigene Panik zu verbergen.

„Meine … Beine …"

Lex schluckte gegen die eigene Übelkeit an. Die Dosis war doch ausreichend gewesen … Kel konnte sich jetzt auf keinen Fall im Bus verwandeln! Lex sah sich wild um und bemerkte die Blicke der anderen Fahrgäste. Flüstern …

Der Bus hielt mit einem Ruck an und der Busfahrer drehte sich zu ihnen um. Er blickte auf Kel, die keuchend auf Lex' Beinen lag. „Was ist los?", rief er mit dem Handy in der Hand.

Lex konnte ihm unmöglich die Wahrheit sagen. Er sollte nur schnell weiterfahren, damit sie in Wassernähe aussteigen konnten. „Ihr ist schlecht“, log sie also.

Der Fahrer verzog das Gesicht und eine Frau in der Nähe wechselte schnell ihren Platz. Die Türen gingen mit einem Zischen auf. „Raus!“, befahl der Fahrer. „Ich habe keine Lust auf die Sauerei.“

Lex biss die Zähne zusammen, konzentrierte sich auf die zitternde Meerjungfrau in ihren Armen. „Das würde ich lassen!“, zischte sie einen der jungen Männer an, der sein Handy bereithielt, um das Ganze zu filmen.

Kel schnappte laut nach Luft, während Lex sie vorsichtig auf die Arme nahm. Sie war viel schwerer als ihr zierlicher Körper vermuten ließ und Lex fluchte. Das war genau der Grund für diesen Schlamassel – Kels wahrer Körper! Wie konnte sie sich derart verschätzt haben?

„Na macht schon!“ Der Busfahrer winkte Richtung Tür.

Kaum, dass sie draußen standen, schnappten die Türen zu und der Bus fuhr ab.

„Es tut so weh …“ Kels Stimme versank zwischen den Geräuschen der vorbeifahrenden Autos; die Rücklichter malten ihren Körper blutig. Ihre Kleidung klebte feucht unter Lex’ Fingern. *Bitte, lass es nur die Verwandlung sein!*

Lex sah sich hilflos um, nirgendwo gab es ein Versteck. Nicht einmal eine Möglichkeit, schnell zum Wasser zu kommen. Also setzte sie sich an den Straßenrand, hielt Kel in ihren Armen. Die Meerjungfrau war wie eingefroren, ihre Haut feucht und eiskalt. Lex spürte wieder die einzelnen Schuppen, raue Stellen, wo an den Ellenbogen die Flossen herauswuchsen. Kels Mund zitterte und sie hielt die Augen fest verschlossen, als ob sie damit die Schmerzen einschließen könnte.

Lex gab einen ihrer letzten Steine frei. Der Zauber floss warm auf Kel über, erwärmte die Stellen, an denen sie sich berührten.

Mit einem überraschten Seufzer atmete Kel tief ein und riss die Augen auf. „Was hast du gemacht?“

Lex zuckte mit den Schultern und starrte den vorbeirasenden Autos hinterher. *Hoffentlich keinen Fehler.* „Ich hab dir die Schmerzen genommen. Die Verwandlung kann ich aber nicht aufhalten.“ Sie sah hinab zu Kel, die mit zusammengepressten Lippen auf ihre Beine blickte.

„Du solltest es ausziehen“, sagte Lex.

Kel schluckte und griff unter das Kleid, um den Slip auszuziehen, bevor der durch das zusammenwachsende Fleisch schnitt. Ein Auto hupte. Kel blickte auf das Stück Stoff in ihrer Hand und warf es dann weg. Unzählige Reifen rollten augenblicklich über die Spitze, bis sie ein Teil der Straße wurde.

„Besser?“, fragte Lex.

„Besser …“

Die Verwandlung dauerte ungewöhnlich lange. Lex sah zu, wie Kels Beine ineinander schmolzen, bis ein riesiger Fischschwanz unter dem Kleid hervorlugte. Die Schuppen und die riesige Flosse glitzerten geisterhaft im Licht der Scheinwerfer und Rücklichter.

Zeit, weiter zu gehen. Aber wohin? Es war noch weit bis zum Wasser und der Vertrag … Lex blickte auf die verbliebenen Linien auf ihrer Hand; der Verband lag zu warm und klebrig an ihrer Brust. Es fehlte noch der Flughafen und ihnen blieben fast zehn Stunden Zeit, bevor der Vertrag auslief. Zu Hause lagen noch die letzten beiden Kräuterkugeln mit dem Verwandlungszauber. Wenn sie eine von ihnen holen würden, könnten sie es noch rechtzeitig schaffen. Dann hätte Kel ihren Tag und Lex das Blut und die Informationen über den Jungen ... Lex schlug ihren Kopf gegen die Mauer in ihrem Rücken. Den Jungen hatte sie ganz vergessen!

Sie opferte ihren letzten Stein, um mit einem Trugbild Kels wahre Gestalt zu verbergen. Jetzt mussten sie auf jeden Fall zurück. Wenn irgendetwas passierte und Lex' Feuer ausbrach, waren sie verloren. Lex würde es nicht überleben. Nicht ohne Jian oder Âyí in der Nähe ...

„Ich hoffe, du hast noch sehr viel Geld übrig." Lex atmete tief durch und stand auf. Sie stützte kurz Kel, aber vergeblich. Diese konnte unmöglich mit der Flosse aufrecht stehen bleiben. „Leg die Arme um mich", bat sie. Kel zögerte, hielt sich an ihren Armen aufrecht. „Komm schon!"

Als sie ein ganzes Stück weiter die Straße überquerten, waren es das Timing des Universums und ein breiter Fächer aus Scheinen, die ihnen zu einem Taxi verhalfen.

Der Fahrer sah Kel nicht einmal an, die immer noch in Lex' Armen lag. „Wohin?", fragte er, während er die Scheine durchzählte.

Kels warmer Atem streifte Lex' Schlüsselbein. „Wo fahren wir hin?", fragte sie müde.

„Zu mir nach Hause."

Kel schwieg danach, lehnte ihren Kopf an Lex' Schulter und vielleicht schlief sie endlich. Lex sank ein Stück in die Sitze ein, ihr Rücken und ihre Arme heiß von der Anstrengung, zittrig wie Pudding. Sie sah hinaus auf das nächtliche Hongkong, das sie Kel so gerne gezeigt hätte. Das Gewicht der Meerjungfrau lag warm und inzwischen vertraut in ihrem Schoß.

10

Zum ersten Mal seit ihrem Einzug fiel Lex die Abwesenheit eines Aufzugs in ihrem Haus auf. Ihre Beine und Arme brannten inzwischen bei jedem Schritt. Kels Flosse klatschte im Takt gegen das Geländer.

„Es tut mir leid“, flüsterte die Meerjungfrau im dritten Stock, nachdem Lex auf den letzten Stufen beinahe ausgerutscht wäre.

Lex schnaubte nur zur Antwort. Denn wirklich – es war nicht Kels Schuld. Lex hätte sie zurück zum Hafen und der Promenade bringen sollen, damit die Banshees ihr ins Wasser halfen. Dann wäre alles vorbei gewesen. Vertrag hin oder her. Lex konnte es sich nicht vorstellen, in dieser Nacht noch irgendwohin zu gehen, schon gar nicht zum Flughafen.

„Verdammter Mist!“, fluchte sie, während sie nach den Wohnungsschlüsseln suchte. Kel hing an ihrem anderen Arm und die Meerjungfrau mochte noch so zierlich sein, ihr gefühltes Gewicht erreichte langsam eine Tonne.

Die Tür der Nachbarswohnung öffnete sich knarzend. Lex machte sich für neue Beschwerden und Beleidigungen bereit. Sie zuckte zurück, als sie das Gesicht in der Finsternis des Türspalts sah. Eingefallen und schwarz blickten ihr die Augen der Nachbarin entgegen, streiften Kel. Die Frau runzelte angestrengt die Stirn, als versuchte sie sich an etwas zu erinnern, und schloss dann endlich wieder die Tür.

Lex sah prüfend an Kel hinab. Selbst wenn der Tarnzauber nicht mehr funktioniert hätte, das Kleid bedeckte den gesamten Fischschwanz. Sie ertastete endlich den Schlüsselbund und schloss schnell die Tür auf. Jetzt dachte die Nachbarin bestimmt, dass Lex betrunkene Frauen abschleppte. Allemal besser als die Wahrheit!

Sie fielen regelrecht in das Apartment und Lex kickte die Tür zu, bevor noch mehr neugierige Nachbarn herauskommen und sie sehen konnten. Kel atmete angestrengt, ihre Haut trocken und heiß.

„Du brauchst Wasser", stellte Lex unnötigerweise fest. Sie trug Kel zum Badezimmer und legte sie in die Wanne. Was sollte sie tun? Das Meerwasser aus den Rohren der Toilettenspülung umleiten oder selbst eine Salzlösung schaffen? Das Wasser aus dem Hahn plätscherte in einem viel zu dünnen Strahl über Kels Flosse. „Ich bin gleich da."

In der Küche fand sie zwei Pakete mit Meersalz. Sie hörte Kels Stimme und lief schnell zurück. Hatte sie das Wasser zu heiß eingestellt?

„Was …?" Sie blieb in der Tür stehen. Sowohl Mawu als auch Liz hockten am Badewannenrand und beschnüffelten den Inhalt – die Meerjungfrau. Lex musste lächeln. Für beide Katzen musste der Geruch betörend sein.

„Du hast Katzen!" Kel strich durch Liz' Fell, der seine Stirn unablässig an ihrer Hand rieb. Sein Schnurren hallte von den Kacheln wider. Kel wirkte endlich nicht mehr so frustriert, auch wenn ihr Lächeln schwach ausfiel.

„Schutzgeister", erklärte Lex. Mawu begann mit Hingabe Kels Unterarm abzulecken. „Okay, das reicht. Das ist kein Essen!"

Lex scheuchte die beiden Katzen weg und riss eines der Salzpakete auf. Kel konnte die Jungs also auch sehen? Lex versuchte das flatternde Gefühl unter ihrem Herzen zu vertreiben. Kel war eine Meerjungfrau, also eine Art von Magie. Es war zu erwarten gewesen, nicht wahr? Sie leerte auch die zweite Packung Salz in das wenige Wasser und setzte sich auf den geschlossenen Toilettendeckel. Jetzt mussten sie nur warten …

Aber je höher das Wasser stieg, desto schlechter schien es Kel zu gehen. Lex konnte nicht sagen, warum. War Kel wütend? Aber das ergab keinen Sinn.

Kel schlug plötzlich gegen die Wasseroberfläche und spritzte Lex' Füße nass. „Ich hasse Wasser!"

Lex lachte auf. „Du bist eine Meerjungfrau!"

Kel wandte sich von ihr ab, starrte auf die schmutzig weißen Kacheln, die ihr Haar widerspiegelten. „Ich wäre lieber ein Mensch …"

Das Plätschern des Wassers vertrieb etwas von der Stille nach Kels Worten. Lex öffnete einige Male vergeblich den Mund, um zu antworten. Was konnte sie schon sagen?

„Kennst du Arielle?", rutschte es ihr heraus.

Kel sah sie wieder stirnrunzelnd an. „Ich kenne keine Menschen."

„Ich meinte die kleine Meerjungfrau …"

Kel starrte sie lange an, immer mehr Schuppen wuchsen auf ihrem Gesicht.

„Sie wollte auch ein Mensch werden."

Kel fauchte, offenbarte wieder ihre Nadelzähne. „Sie wollte das für einen Menschen!", zischte sie. „Ich will das nur für mich! Lass also deine dummen Vergleiche. *Du* hast keine

Ahnung, wie das ist! So viel Wasser über dir – kalt und schwer und schwarz! Wenn du doch mal Licht siehst, bedeutet es nichts Gutes …“ Sie hob ihre Arme und ballte ihre Hände zu Fäusten, Schuppen sprossen ihre Knöchel und Finger entlang. „Ich bin so leicht hier. So stark! Manchmal denke ich, ich könnte fliegen …“ Ihre Stimme brach.

Lex stand auf und drehte das Wasser ab. Durch die neue Physionomie war Kels Gesicht unlesbar geworden. Haarsträhnen hingen ihr ins Gesicht und Lex ballte die Hand zur Faust, um sie nicht zur Seite zu streichen.

„Was wolltest du wirklich am Flughafen?“, fragte Lex in die Stille hinein.

Kel schnaubte, strich sich fahrig die Haare aus dem Gesicht. „Die Flugmaschinen nochmal sehen“, antwortete sie mit tränenbelegter Stimme. „Die Sterne …“

„Warum schwimmst du nicht einfach hin?“

Kel beantwortete die Frage wieder nicht. Sie schöpfte das Wasser in ihre Hände und vergrub ihr Gesicht darin.

Lex trat zurück und ließ sich mit einem Seufzer wieder auf den Toilettendeckel sinken. Was für ein Tag! Sie rieb mit dem Daumen über den übriggebliebenen Vertragszauber auf ihrer Hand. Kel tat ihr leid, aber sie wünschte sich trotzdem, sie hätte den Vertrag nie abgeschlossen.

Kel hob ihren Kopf. „Bist du schon einmal geflogen?“

„Ja …“

„Und? Wie fühlt es sich an?“

Lex wischte sich übers Gesicht. Sie war zu müde … Aber sie konnte unmöglich die Hoffnung in Kels Stimme überhören. Also gab sie sich Mühe, sich zu erinnern und ihre

Gefühle in Worte zu fassen. „Es fühlt sich an“, begann sie und verzog den Mund über den nahelegenden Vergleich, „wie Schwimmen.“
Das erwartungsvolle Leuchten in Kels Gesicht verlosch augenblicklich.
Lex tastete ihren Verband ab. Hoffentlich war das nicht wieder einer von diesen Momenten, in denen sie etwas nicht zu Ende gedacht hatte. Sie wollte es nicht hinterher bereuen. „Wäre der Vertrag erfüllt, wenn ich es dir zeigen würde? Das Fliegen und die Sterne?“
Kel nickte zögerlich. „Aber wie …?“
Lex trat in den Flur, holte eine Handvoll Steine aus dem Vorratsschrank und zählte sie ab.
„Lex?“
„Ich ändere den Vertrag“, rief sie Kel zu und kontrollierte ein letztes Mal ihre Auswahl. Kel schwieg. Lex hörte nur das Tropfen des Wasserhahns, bevor sich die Linien neu formierten und ihre Handfläche erwärmten.
Lex schüttete die Steine in die Badewanne und sie schienen sich in dem salzigen Wasser aufzulösen. Sie zündete die Kerzen an, löschte das Licht und begann sich auszuziehen. Kel rutschte erschrocken weg und Wasser schwappte über den Badewannenrand. Der Verband klebte an Lex’ Wunde, das getrocknete Blut und die Wundflüssigkeit waren schlimmer als jeder Kleber.
Lex biss sich auf die Lippen und riss ihn mit einem Ruck ab. Frisches Blut sickerte aus der überhitzten Wunde. Es war okay, sagte sie sich nach einem Blick in den Spiegel. Sie war müde, aber klar im Kopf. Und danach … Danach hätte sie endlich etwas von Kels Blut. Es flatterte unter ihren

Rippen. Wie hatte ihr Brustkorb ohne die Wunden ausgesehen? Ohne die Siegel?

Kels Blick ruhte auf der Wunde, als Lex sich umdrehte. Sie roch bestimmt das Blut.

„Kann sein, dass ich gleich schon etwas von deinem Blut brauche“, gab Lex zu und stieg mit in die Wanne. Es dauerte, bis sie sich arrangiert hatten und niemand auf den verstreuten Steinen saß.

„Was soll ich tun?“ Kel verschränkte die Arme vor der Brust.

Lex lächelte und streckte ihr die Arme entgegen. „Gib mir deine Hände.“ Kels Finger glitten kalt über ihre Handflächen, schickten einen winzigen Impuls zur Verwandlung durch Lex’ Körper. „Du darfst auf keinen Fall loslassen. Hast du verstanden? Lass unter keinen Umständen meine Hände los.“

Kel nickte, drückte fast schon schmerzhaft Lex’ Hände. Besser so als andersherum. Lex zog an Kels Händen, testete ihren Griff aus, aber die Meerjungfrau hielt eisern fest. „Sehr gut.“

Lex atmete langsam aus und schloss die Augen, konzentrierte sich auf das Tropfen des Wassers, Kels Atemzüge und ihre kühlen Finger. Das Tropfen, die Atemzüge, die kalte, glatte Haut … Tropfen, Atem, Hände … Das Klickern der Steine auf dem Badewannenboden, die Wärme, die von ihnen ausging.

Das Wasser blubberte, das Klackern der Steine wurde lauter, als würde das Wasser kochen. Lex wartete auf den richtigen Augenblick, darauf, dass der Druck der magischen Beschleunigung seinen Höhepunkt erreichte. Und als es soweit war, ließ sie los – stieß sich mental von der Wanne wie vom Boden eines Schwimmbeckens ab. Die Steine gaben augenblicklich ihre Energie frei und da war es – das Gefühl, immer höher und höher zu steigen. Wie bei einer Achterbahn.

„Lex!“ Kels Stimme klang gedämpft, als käme sie von weit weg und Lex öffnete die Augen. Sie schwebten hoch oben über dem nebligen Leuchten von Hongkong. Sie sah zu Kel, neugierig darauf, wie ihr Astralkörper aussah. Kels Gesicht leuchtete, der Umriss ihrer Haare war unscharf. Ihr Körper wirkte glatter, kindlicher. Schlussendlich Lex' eigenem Körper in seiner Androgynität nicht unähnlich.

Kels Lippen waren im stummen Erstaunen geöffnet. Die Geräusche der Stadt waren nichts als ein Summen, das Lex' Ohren irgendwo unter ihnen wahrnahmen. Links von ihnen stieg ein Flugzeug von Lantau lautlos in die Höhe, wurde immer größer. Es zog knapp an ihnen vorbei, immer noch unhörbar. Sie spürten nichts von seiner Kraft und Geschwindigkeit, weil ihre Körper weder das eine noch das andere mitbekam.

„Schau nach oben“, sagte Lex und auch ihre eigene Stimme klang schwach und ungewohnt. Aber Kel hörte sie und blickte hoch.

Hier oben gab es keinen Smog, der das Licht der Sterne auflöste. Sie glitzerten klar und kalt im nachtblauen Himmel. Kels erschüttertes Gesicht brachte Lex zum Lächeln. Die Stadt mit ihren Strömungen und Linien lag einer leuchtenden Qualle gleich unter ihnen, schien sogar in einem eigenen Herzschlag zu pulsieren. An manchen Stellen, vor allem an Tempeln und von Menschen unberührten Orten leuchtete es weiß, woanders dagegen gab es schwarze Punkte und Flecken – Orte, die keine Magie mehr trugen, kein Leben. Am Hafen, direkt neben der Promenade war es sogar pechschwarz. Die Finsternis schluckte dort jedes Licht.

Irgendwo in der Ferne schoss ein Faden aus Licht hoch. Lex wartete darauf, dass er in seiner Ausdehnung stoppte und einen anderen Astralsprung offenbarte, aber der Lichtpunkt stieg immer höher. Bis er nicht mehr von den Sternen zu unterscheiden war und der Lichtfaden, nur noch ein Spinnweben, riss. Irgendwo war jemand gestorben und die Ströme unten hatten die arme Seele nicht eingesaugt. Warum auch immer.

Kel keuchte. Lex hörte das Echo an den Kacheln unten im Badezimmer und sah sich um. Lichtgestalten zogen von der Bucht her, rasten wie das Flugzeug vorhin an ihnen vorbei. Unmenschliche Gesichter, Flossen und Fischschwänze. Es waren mehrere Meerjungfrauen gewesen. Tote Meerjungfrauen!

Kel zitterte an ihrer Seite, die Vibrationen übertrugen sich auf Lex' Arme, machten es schwer, die Position zu halten. … War Kel also nicht die einzige Meerjungfrau in Hongkong gewesen? „Wer war das?“, fragte Lex. „Deine Schwestern?“

Kel schüttelte den Kopf, schwebte näher heran, bis sie sich fast berührten. „Brüder … Ich habe nur Brüder. Haben sie mich gesehen?“

Lex sah den Lichtspuren nach, die die Geister hinterlassen hatten. „Glaube ich nicht …“ Lex zögerte. „Sie waren tot.“

„Tot?“ Kel schwieg danach, betrachtete einen der Lichtfäden, der in ihrer Nähe schwebte und ihre Finger zuckten in Lex’ Griff.
„Nicht loslassen!“
„Das passiert also, wenn man stirbt?“, fragte Kel. Sie klang verwirrt und Lex hätte gerne gewusst, was das Meeresvolk über den Tod und Seelen glaubte.
„Das ist das, was passieren kann. Sie werden noch einige Tage über der Stadt bleiben, bevor sie zum Strom zurückkehren.“
„*Strom*?“
„Da unten. Siehst du die Lichtlinien? Die Flüsse? Das ist der Strom.“
Kel sah traurig hinab. Anscheinend gefiel ihr der Gedanke nicht. „Manchmal“, erklärte Lex weiter, „kann die Seele sich sofort wieder manifestieren. Wiedergeboren werden.“
„Wieder leben?“
„Ja.“ Lex sah wieder hoch, zu der Stelle, an der die gerissene Seele zwischen den Sternen verschwunden war. „Ganz, ganz selten reißt die Seele auch ab. Der Strom trennt sie und dann fliegt sie hoch, bis zu den Sternen …“
Ein grauenhafter Gedanke, fand Lex. Niemand wusste, warum der Strom manche Seelen abstieß und was aus ihnen wurde. Aber ohne die Verbindung zum lebenserhaltenden Strom mussten sie schlussendlich sterben.
„Und was passiert dann mit ihnen?“ Kels Stimme trug eine seltsame Art von Hoffnung in sich.
„Das weiß keiner“, gab Lex zu. „Meine Tante glaubte aber, dass sie zu neuen Sternen werden.“ Zumindest war es das, was sie Lex erzählt hatte, nachdem Lex ihr ihre Angst

anvertraut hatte – dass sie auch so enden und ihre Seele auf ewig einsam durch den eisigen Weltraum fliegen könnte.
„Das klingt schön." Kel studierte die Sterne über ihnen. Fragte sich bestimmt, wie viele von ihnen aus Seelen geboren worden waren. „Denkst du, ich werde als Mensch wiedergeboren?"
„Möglich." Die Stimmung war seltsam geworden, Lex behagten diese Gespräche über den Tod nicht. Oder die Frage, woher die Meerjungfrauenseelen kamen. Warum waren sie tot? Und wie sollte sie Kel erklären, dass es ihr Schicksal war, immer und immer wieder ans Meer gebunden zu werden?
Sie spürte in diesem Augenblick den Sog. Keine Sekunde zu spät. „Wir müssen zurück …"
Die Verbindung ruckte nach unten, wie ein Gummiband, das zurückschnappte. Lex schloss die Augen, um den übelkeitserregenden Fall nicht mitzubekommen. Sie atmete erschrocken ein und Kel keuchte irgendwo über ihr. Es dauerte, bis Lex ihren Körper spürte. Bis sie merkte, dass die Meerjungfrau auf ihr lag.
„Es ist überhaupt nicht wie Schwimmen", flüsterte Kel.
„Ja." Lex rieb sich über die Augen, kämpfte gegen die Benommenheit an. Kels Gesicht schwebte über ihr. Die Meerjungfrau schien glücklich zu sein. Zumindest lächelte sie. Sie strich Lex' Kette mit der leeren Ampulle zur Seite, tastete über das aufgerissene Siegel an Lex' Brust, das vom Salzwasser brannte, und erkundete die Haut darum. Lex schluckte.
„Du bist so warm." Die Sehnsucht in Kels Stimme war unüberhörbar.

Das Lächeln erreichte kaum Lex' Lippen. Es war offensichtlich, wo das hinführen sollte. Sie suchte nach einem Lachen, um die Spannung zwischen ihnen zu verjagen, nach Kraft, um aufzustehen.

„Du bist kalt", antwortete sie stattdessen.

Kel beugte sich hinunter und küsste sie. Ihre kalten Lippen glitten ungeschickt über Lex' Mund. Sie griff nach Kel, spürte die fedrigen Enden der Kiemen, die zwischen ihren Rippen hervorflatterten. Kel atmete überrascht aus, als Lex mit ihrer Zunge in den kühlen Mund glitt. Lex war erleichtert, dass die Zähne nicht so spitz waren, wie sie aussahen. Kel schmeckte salzig und unterschwellig warm … und kupfern. *Blut?*

Kel hatte ihr etwas von ihrem Blut gegeben. Es brannte sich durch Lex' Mund nach unten, dahin, wo das Feuer immer zu nah an den Rippen loderte. Es tat weh, als die Haut sich schloss. Und dann sickerte eine unerwartete Kälte bis in ihren Unterleib. Lex konnte nicht verhindern, dass ihr Tränen in die Augen schossen.

Der Schmerz war weg. Zum ersten Mal seit über einem Jahr hatte sie keine Schmerzen mehr.

Die Erleichterung machte sie schwindelig. Und für einen Moment verlor Lex die Kontrolle und ihr Körper gab nach, tat das, was er schon seit Stunden begehrte – Kels ergänzen. Kel küsste sie immer noch und Lex konnte sie nicht warnen. Ein Teil von ihr begrüßte sogar die Verwandlung, denn das hier? Das sollten sie nicht tun. Das sollte sie auf keinen Fall mit Kel tun …

Nur einen Atemzug später war alles vorbei. Lex spürte den veränderten Körper. Es fühlte sich genauso wie die Rückkehr nach einem Astralsprung an, die Nervenverbindungen noch nicht an die Erweiterung gewohnt. Lex sah auf.

Wildheit leuchtete aus Kels Augen, ihre Zähne waren gefletscht. Was fühlte sie? Ekel? Angst? *Shit, shit, shit!*

„Ich bin es", beteuerte Lex und nicht einmal die Stimme blieb gleich, veränderte sich genauso wie der Körper. Ein letzter Nachhall der Verwandlung. Lex flüsterte, redete auf Kel ein: „Ich bin es. Wirklich. Sieh mich an. Sie mich bitte an!"

Kel studierte tatsächlich Lex' Gesicht. Ihr Griff um seine Schultern war kaum zu ertragen. Das war seine einzige Hoffnung. Denn gleichgültig, was sein Körper tat – oder seine Stimme – das Gesicht blieb immer gleich.

Kel löste endlich eine Hand von seiner Schulter und die Haut brannte, wo ihre Nägel sie eingerissen hatten. Sie strich eine nasse Strähne aus seinem Gesicht, als könnte sie ihn so besser sehen. Und dann sank sie tatsächlich zurück in seine Arme. Gerade rechtzeitig, bevor sein rasender Herzschlag das Feuer durch die Siegel trieb.

„Ich bin es", wiederholte er.

„Ich weiß." Kel seufzte und anstatt zu fragen, warum er ein Mann war – wie die Verwandlung überhaupt möglich war – küsste sie ihn. Ihr Gesicht und die Beschaffenheit ihres Körpers immer noch fremd. Alienhaft.

Lex strich die glatten Schuppen der Wirbelsäule entlang. Er prägte sich die vereinzelten Schuppen ein, die Sommersprossen gleich ihre Schulterblätter überzogen. Kühl wie Marmor. Glatt wie das polierte Innere einer Muschel.

Kels Lippen bewegten sich zur Seite, glitten Lex' Hals hinab, bis sie an der Schulter ankamen. Er war nicht überrascht, als sie darüber leckte, das wässrige Blut aufsammelte. Die Überraschung lag im nächsten Kuss, in dessen kupfernem Geschmack. Kels Blut im Austausch für seins.

Das Feuer sank ein weiteres Mal, glühte weich hinter seinem Bauchnabel. Dankbarkeit durchfloss ihn, bevor er es verhindern konnte. Denn das letzte Mal, als er schmerzfrei war … Beim letzten Mal hatte er mit May geschlafen. Nur Augenblicke von ihrem Fluch und seinem Fast-Tod entfernt …

Kels Brüste pressten sich gegen das Herzsiegel und er griff nach ihren Hüften, fand mit seinen Fingerspitzen endlich die Stelle, an der er die schimmernden Schuppen in Sai Wan bemerkt hatte. Kel war nicht May, erinnerte er sich. Die Meerjungfrau war immer noch hier, trotz der neuen Gestalt. Und sie küsste Lex, als würde es kein Morgen geben. Und Lex küsste sie so zurück, als würde es kein weiteres Mal geben.

Für einen Moment durchzuckte ihn Unsicherheit. Hatte das Meeresvolk überhaupt Sex? Und wie genau? Die Bilder aus einer Doku fluteten seinen Kopf: Milliarden von Fischeiern in Wolken aus Sperma. DAS würde es ganz bestimmt nicht geben.

Er griff zwischen ihre Körper, strich über Kels weichen Bauch, folgte einer weiteren Spur aus Schuppen. Sie war warm und fedrig und öffnete sich wie eine Blume unter seinen Fingern. Kels heißer Atem füllte seinen Mund. Selbst ihre Haut verlor ihre übliche Kälte. Er versuchte vorsichtig mit seinen Fingern in sie einzudringen.

Kels Finger umschlossen sein Handgelenk. Der Druck war unerwartet fest, schmerzhaft. Unmissverständlich.
Also zog er seine Hand zurück. „Kel?“
Sie sah ihn an und er erwiderte ihr Lächeln.
„Kel.“
Diesmal glitt sie mit ihren Fingern seinen Bauch bis zum letzten Siegel hinab, umfasste ihn dort. Vielleicht doch die Sache mit der Wolke? Er lachte lautlos in ihren Kuss hinein. Sie zog sich mit einem Arm an seinen Schultern hoch und senkte sich auf ihn hinab. Sein Lachen verwandelte sich in ein Stöhnen. Ihre Rippen flatterten unter seinen Fingern, während sie für Augenblicke so verharrten. Er berührte ihr Gesicht, aber sie versteckte es an seinem Hals und ihr Atem verbrannte seine Wunden.
„Alles okay?“, flüsterte er rau.
Sie nickte und begann sich zu bewegen. Ihre Bewegungen waren zögerlich, abgehackt. Er zog Kel noch näher zu sich, half bei den Bewegungen mit, aber der Winkel war immer noch falsch. Zu langsam, nicht tief genug – einfach nicht genug. Lex sank frustriert zurück und warf sie dann beide herum. Wasser floss über den Wannenrand.
Kel blickte ihn durch das Wasser hindurch an. Ihr Haar eine violette Wolke, die Augen aus Seeglas. Unirdisch schön. Er beugte sich hinab und sie küssten sich an der Wasseroberfläche. Lex stieß zu und das Wasser schwappte wieder, ergoss sich auf den Boden. Kel schlang ihre Schwanzflosse um eins seiner Beine und er bewegte sich, sank immer tiefer ein, sein Gesicht bald unter Wasser. Kels Arme umschlangen seinen Nacken. Er bekam nicht genug Luft, sein Körper war zu leicht, ihm wurde schwindelig.

Aber es war unmöglich, sich von ihr zu trennen … Er hielt sich an ihr fest und hatte immer mehr das Gefühl, sich an Wasser festzuklammern, obwohl ihr Körper fest und warm und so real war.
Es pulsierte heiß zwischen ihnen, ein Schwall heißen Wassers. Kels Lippen wurden weich und still unter seinen. Lex schnappte nach Luft, seine Sicht wurde verschwommen – und er kam. Jeder Atemzug und jede Empfindung fast schmerzhaft und unerträglich neu …
Er drehte sie ungelenk herum und Kel schmiegte sich an ihn, als wäre er ihre Negativform. Er strich müde durch ihr nasses Haar, küsste ihre Schläfe. Sie war warm jetzt, sogar ihre Fischschuppen. Und er war … Er war auch nur warm. Die Haut um die Siegel war immer noch heil. Er war wieder ganz, fast sein altes Ich …

Lex schreckte auf, hörte wieder das Wasser schwappen. Wie lange hatte er geschlafen? Kels Haut war immer noch feucht unter seinen Fingern, also höchstens für ein paar Minuten?
„Kel?“
Die Meerjungfrau bewegte sich träge an seiner Brust.
„Ich kann nicht im Wasser schlafen“, flüsterte er. Das war natürlich eine Lüge. Aber was sollte er tun? In ein paar Stunden wäre der Vertrag vollbracht. In ein paar Tagen würde sie Hongkong verlassen. Sie würde ihr Leben lang eine Meerjungfrau sein …
Kel murmelte etwas zur Antwort, ließ ihn los. Lex stieg auf wackeligen Beinen aus dem Wasser und verzog das Gesicht. Der Boden war eisig kalt und geflutet. Das Wasser

in der Wanne milchig. So konnte er sie unmöglich schlafen lassen. Er holte ein paar neue Steine und reinigte das Wasser, während er neues einlaufen ließ.
„Kommst du zurecht?", fragte er ein letztes Mal.
Kel antwortete nicht. Sie schlief zusammengerollt unter Wasser. Ihr Haar und ihre Flossen schwebten im Takt ihrer Atemzüge hin und her.
Lex stolperte aus dem Badezimmer, fand im Dunkeln sein Bett und fiel hinein.

11

Der ungewohnte Druck gegen seinen Bauch weckte ihn. Lex rollte sich herum, spürte seine Erektion und erinnerte sich. Die neue Form fremd wie nicht eingetragene Schuhe. Vor allem das Glied. Eine Zahnlücke, die man unaufhörlich mit der Zunge berührt, bis das Gehirn sich daran gewöhnt.

Er stand mit einem Seufzer auf. Als er zwölf gewesen war und Gwen Tyler während eines Fußballspiels einen Jungen angelächelt hatte, hatte Lex sich verwandelt – denn Gwen mochte offenbar nur Jungs – und einen Ball zwischen die Beine bekommen. Sein Onkel hatte damals gelacht und ihm auf die Schulter geklopft. *Jetzt bist du ein richtiger Mann, Cariad* … Das Kosewort hatte die Schmerzen und die Erniedrigung abgemildert, wie auch der weise Rat seines Onkels, Lex solle doch dagegen anlaufen. Und genau das würde Lex die nächsten Tage tun müssen – dagegen anlaufen. Wenn Kel sein Leben verlassen würde, würde auch sein Körper aufgeben und zum Grundzustand zurückkehren. Und bis dahin …

Er suchte nach einer Hose, die ihn nicht so sehr einengen würde. Bis dahin würde er Kompromisse eingehen müssen, sich in Arbeit stürzen, um den Fehler von letzter Nacht zu vergessen.

Er schlich sich zur Küche, noch nicht bereit, sich mit Kel auseinanderzusetzen. Mawu streckte seinen Kopf durch das Küchenfenster und blinzelte ihn an. Lex kraulte dessen größer gewordenen Körper, während er etwas trank. „Was Gutes gefangen?“

Mawu murrte zustimmend. Lex presste sein Gesicht gegen dessen Fell. Wenigstens einer, der eine tolle Nacht gehabt hatte. Nicht dass seine Nacht schlecht gewesen war. Im Gegenteil … Er hatte mit einer Meerjungfrau geschlafen! Wenn er den ganzen Sagen Glauben schenken wollte, dann war es ein Wunder, dass er noch lebte. Lex schüttelte den Kopf und rieb sich über die Brust – über die heile Haut unter dem Siegel, und sein Herz schlug unweigerlich schneller. Die Vorstellung, dass es von nun an immer so sein würde, sobald er die Ampulle mit Kels Blut hatte, war schwer zu fassen. Ein Leben ohne Schmerzen, nur mit den Tätowierungen, die ihn an das vergangene Jahr erinnerten. Er konnte das einfach nicht glauben.

Aber der Spiegel im Flur zeigte es: unverletzte, glatte Haut, die Linien und Zeichen gestochen scharf. Er lächelte sein Spiegelbild an und schreckte zurück. Er sah sein langes Haar, das dämliche Grinsen und sah May. Mays verzerrtes Gesicht. Wie sich ihre Lippen in Zeitlupe zu den furchtbaren Worten verformten, als sie den Fluch aussprach. Lex spürte ihre Magie durch sein Fleisch reißen, sein Feuer auflodern, bis er vor Schmerzen das Bewusstsein verlor. Seine Finger zitterten, während er die Schublade durchsuchte.

„Verdammte …!“ Er fand endlich die Schere und stellte sich wieder an den Spiegel. Strähne um Strähne schwebte zu Boden. Es war egal, wie furchtbar er aussah. Er schnitt so lange weiter, bis er sich selbst fremd vorkam.

Lex wischte sich den Schweiß aus dem Gesicht. Die Siegel pochten wieder. Er blickte auf die Haare vor seinen Zehen, die auf den dunklen Fliesen weiß leuchteten.

Kels Stimme hallte aus dem Badezimmer, formte zögerlich eine Melodie. Lex legte die Schere zurück in die Schublade und trat vorsichtig an die Badezimmertür. Kel sang. Ganz ohne Wörter stieg ihre Stimme auf und ab, rollte sich eindeutig zu einem Lied. Einem zittrigen, traurigen Lied …

Lex lehnte seine Stirn kurz gegen den kühlen Türrahmen und seufzte. Er strich mit dem Daumen über die Linien des Vertrags. Nur noch Kels Anteil fehlte, um die Reste der Tinte auszulöschen. Sie hatte ihm letzte Nacht zwar mehrmals von ihrem Blut gegeben, aber es war jedes Mal ein Geschenk gewesen. Und im Vertrag hatten sie eine größere Menge vereinbart.

Er griff in eine andere Schublade und holte eine Einwegnadel heraus. Wozu das Unvermeidliche noch länger hinauszögern? Er konnte ihr schlecht bis in alle Ewigkeiten aus dem Weg gehen, wenn sie in seiner Badewanne lag.

Er öffnete langsam die Tür. Kels Augen waren geschlossen, ihre Stimme stolperte. Sie runzelte die Stirn, bevor sie wieder ansetzte und das Lied von vorne begann. In Lex' Ohren klang es immer noch durchschnittlich.

„Soviel zum Thema Meerjungfrauen hätten göttliche Stimmen", sagte er.

Kel brach das Lied wieder ab und sah ihn an. Ihre Augen weiteten sich, als sie seine neue Frisur bemerkte. „Guten Morgen", war alles, was sie sagte. Sie blickte auf ihre Hände hinab, zeichnete mit einem Finger die wenigen Linien ihres Vertrags nach.

Lex betrat zögernd das Badezimmer, seine Fußsohlen klebten auf dem immer noch feuchten Boden. Er setzte sich an den Badewannenrand und hielt Kel die eingeschweißte Nadel hin. „Du bist dran."

Kel sah zu, wie er die Nadel auspackte und die Folie fallen ließ. Er schraubte die Ampulle aus der Halterung der Kette. Kel streckte ihm bereitwillig ihren Arm entgegen.

„Damit es richtig wirkt, musst du es selbst tun." Er gab Kel die Nadel. Ihre Finger streiften sich und er erinnerte sich an das Gefühl ihrer Finger an seinen Schultern, an ihm selbst … Er räusperte sich. Er könnte das Blut selbst nehmen, aber wenn das Wenige, was sie ausgemacht hatten, tatsächlich bis an sein Lebensende reichen sollte, musste es ein Geschenk sein. „Bitte …"

Kel hielt ihren Arm über den Badewannenrand und schob sich ohne mit der Wimper zu zucken die Nadel in die Armbeuge.

Lex hielt die Ampulle darunter, wartete, dass das zähe Blut die Kanüle passierte. Er atmete aus, als der erste Tropfen in die Ampulle fiel. Seine Finger zitterten leicht und er sah Kel an, aber sie blickte auf das Wasser.

Sie bewegte sich kaum. Nur die vibrierenden Kiemen verrieten, dass sie überhaupt noch atmete. Lex hatte erwartet, dass das unangenehme Gefühl nach den anfänglichen Worten verschwinden würde, aber er fühlte sich noch unwohler. „Ist es denn wirklich okay, mir dein Blut zu geben?", fragte er und Kel zuckte zusammen. Lex nickte zur Nadel. „Darfst du das?"

Es war nicht wirklich verboten und sie hatten immerhin einen Vertrag, der die Rechtmäßigkeit der Übergabe bestätigen würde. Aber das Meeresvolk hatte vielleicht eigene Gesetze und Tabus.

Kel rührte sich endlich, strich sich die Haare aus dem Gesicht. Ihr Blut wuchs unerträglich langsam zu einem neuen rubinroten Tropfen.

„Irgendetwas muss doch von mir weiterleben", antwortete sie kaum hörbar.

Der Tropfen fiel endlich schwer in die Ampulle. Lex suchte immer noch nach einer Antwort. „Kein Mutterinstinkt?", fragte er im Scherz. „Willst du keine Kinder haben?"

Kels Gesicht war unlesbar, als sie sich wegdrehte. Ihre Hand glitt hinab, streifte ihren Bauch.

Lex leckte sich kurz über die Lippen. „Ich kann keine Kinder haben ... In keiner Form", sagte er. Er versuchte seine Stimme neutral klingen zu lassen, denn er wusste selbst immer noch nicht, wie er dazu stand. Es war eine der Tatsachen, mit der man als Elementar zu leben hatte.

Die Worte verfehlten ihre Wirkung nicht. Kel atmete zittrig aus, ihre Kiemen flatterten rosa im Wasser. Sie wandte ihr Gesicht wieder Lex zu, sah sogar kurz zu ihm hoch.

Treffer! Schuld begann an ihm zu nagen. Hatte sie die ganze Zeit deswegen Angst gehabt? „Ich kann auch niemanden mit irgendetwas anstecken", fügte er hinzu.

Kel reagierte nicht mehr darauf.

Acht weitere Tropfen und unendliche Minuten später war die Ampulle voll. Lex zog die Nadel aus Kels Arm. Ihre Haut schloss sich augenblicklich. Er schraubte einhändig die Ampulle zurück an die Kette. Der blutrote Kristall lag warm an seinem Siegel.

Die Nadel brachte er in die Küche und ließ sie in eine Flasche mit Wasser fallen. Das Blut begann, sich sofort wie ein frisch aufgegossener Tee aufzulösen. Wenn er Glück hatte, würde allein dieses Wasser ihn monatelang durchbringen, bevor er den Kristall öffnen müsste.

Auf dem Weg zurück zum Badezimmer griff er nach den beiden Verwandlungszaubern, legte einen in ein Glas und versiegelte es.
Kel sah überrascht die angebotene Kugel an. „Ich dachte …“ Sie schüttelte den Kopf.
„Der einzige Weg, um dich zurückzubringen“, erklärte Lex.
Kel legte sich die Kugel in den Mund und Lex verließ schnell den Raum, schloss die Tür hinter sich.

Er blickte auf die Schuhe und die Strickjacke in seinen Händen. Mays einzige Kleidungsstücke, die das Feuer, das während der Verfluchung seine Wohnung verwüstet hatte, überlebt hatten. Er glaubte immer noch, Rauch daran zu riechen. Wollte er diese Sachen Kel geben? Konnte er das?
Die Badezimmertür ging auf und Kel trat hinaus. Ihre Wangen waren nass vor Tränen. Sie hatte wieder ihr Kleid angezogen.
Lex versuchte nicht daran zu denken, dass sie nackt darunter war. Und dann reichte er ihr doch die Sachen, half ihr, die Jacke zuzuknöpfen. Kel legte ihre Hand zögerlich auf seine Brust, fuhr warm den Kreis des Siegels nach. Umrandete das nächste …
Sie hatten noch den ganzen Tag, sagte sich Lex. Ganz ohne Vertrag oder Gefahren. Warum diesen Tag nicht hier verbringen? Ihr das Kleid abstreifen und diesen neuen Körper auswendig lernen? In seinem Bett.

Kel strich über seine Hände, mit denen er immer noch die Strickjacke festhielt, und etwas schoss seine Arme hoch. Bis zu den Siegeln. Es war nicht das Verlangen, sich zu verwandeln. Aber das Gefühl kam dem Impuls sehr nahe. Und dieses unerklärliche Gefühl und die Erkenntnis, dass er die Rückverwandlung um mindestens einen Tag hinauszögern würde, erinnerten ihn daran, warum es eine schlechte Idee war, noch mehr Zeit mit Kel zu verbringen. Außerdem würde sie vielleicht schon morgen Honkong verlassen.
Er ließ sie los. „Ich gehe duschen …"

Lex reichte ihr an der Tür die letzte versiegelte Kräuterkugel. „Das ist für den Notfall."
„Danke …" Kel versuchte wieder seine Hände zu berühren, aber er zog sie schnell zurück und schaute auf sein Handy. Noch eine halbe Stunde, bevor der Vertrag auslief. Lex blickte stirnrunzelnd auf seine Hand. Der Vertrag war eigentlich erfüllt, warum gab es immer noch zwei Linien?
„Frühstück?", fragte er und schloss hinter ihnen ab.

Die Banshees zischelten aus sicherer Entfernung, als sie genau eine halbe Stunde später an der Promenade ankamen. Lex leckte sich lächelnd die Schokolade vom Daumen. Das Siegel war warm, aber die Haut noch intakt und er stellte sich bereits vor, wie er zum ersten Mal seit einem Jahr Fleisch essen würde. Ein Steak! Kel hatte wieder ihren wilden Zuckerschock-Blick, nachdem sie gleich zwei Waffeln gegessen hatte.

Lex' Lächeln fiel, als er auf seine Handfläche blickte und diese immer noch nicht leer war. Die Zeit war abgelaufen, der Vertrag erfüllt. Warum löste sich der Zauber nicht auf? Kel sah auch auf ihre eigene Hand hinab und trat näher. „Hinter der Baustelle sind Lagerräume", begann sie und griff in ihre Tasche, um den Geldstapel heraus zu holen. Sie zog daraus einen Schein, der farblich nicht ganz zu den anderen passte und reichte ihn Lex. „Genau hinter dir. Dort bringen sie sie hin. Vor ein paar Tagen hatten sie einen Fuchs dabei ..."
„Was? Wovon sprichst du?" Lex nahm den Schein – Rubel – und während er sprach, erwärmten sich die beiden letzten Linien des Vertrags, löschten den Zauber.
„Ich sage dir, wo du den Jungen findest."
Lex versuchte seine Überraschung zu verbergen, dass es doch keine Lüge gewesen war, kein Trick, um ... Was? Um ihn ins Bett zu kriegen? Er glaubte nicht, dass das jemals Kels Plan gewesen war. Sie ahnte natürlich nicht, wie wertvoll diese Information für ihn war. Oder das Blut. Allein das Blut war Hunderte Verwandlungszauber wert! Und was hatte er ihr dafür gegeben? *Konnte* er ihr überhaupt etwas geben, um es wieder aufzuwiegen?
„Danke", sagte er mit Nachdruck.
Kel schüttelte nur den Kopf. Ihr Haar hob sich in der Brise, die vom Wasser heranwehte. Sie blickte auf ihre inzwischen leere Handfläche hinab und ballte die Hand zur Faust. „Kann ich dich wiedersehen?"
Lex' Blick flackerte herum, er mied Kels Gesicht. Er suchte nach Erklärungen, Ausreden. „Es war kein ... Date", brachte er schließlich hervor. Und worauf wollte er damit

hinaus? Schlussendlich war es eins gewesen. „Ich habe keine Dates, okay? Nichts Persönliches."
„Was ist mit Jian?"
Lex wurde schlecht. Woher wusste sie das schon wieder? Er schluckte. „Was soll mit ihm sein?"
„Ihr wart doch zusammen …" Kels Gesicht war so hoffnungsvoll, unschuldig.
Beschützen oder wehtun? „Wir sind es nicht mehr", gab er zu. Und das war ein weiterer Grund, Kel endlich zu vergessen und seine Form zu wechseln. „Weißt du auch, warum?"
Kel schüttelte den Kopf. Das hatte er nicht erwartet. Offenbar hatte Jian es niemandem erzählt. „Ich habe ihn betrogen", sagte er. Denn nichts zerstörte Unschuld so effektiv wie die Wahrheit.
Kel runzelte die Stirn, lächelte zögernd. „Nur wegen Geld?"
Lex' Lächeln schmeckte bitter. „Ich bin fremdgegangen. Mit seiner Schwester."
Kel öffnete ihren Mund im stummen Schock. Die Genugtuung darüber milderte etwas den Schmerz, diese Wahrheit zum ersten Mal laut ausgesprochen zu haben. Dass es ausgerechnet May war, die ihn verflucht hatte und er für den Rest seines Lebens dafür bezahlen würde, sagte er nicht. Seine Worte waren genug, um jemanden wie Kel für immer abzuschrecken. Er drehte sich von ihr weg und ging zurück, nach Hause, bevor er Âyí über den Weg lief und sie die Verwandlung bemerkte.
Schritte erklangen hinter ihm. Eine Hand landete auf seinem Arm und riss ihn hart herum.

Kel funkelte ihn an und ihr Zorn ließ sie genauso raubtierhaft wirken wie in ihrer Meerjungfrauen-Gestalt.
„Ich wollte nur diesen einen Tag haben!“, stieß sie hervor. „Sonst nichts!“
Sie schlang ihre Arme um seinen Hals und stellte sich auf die Zehenspitzen. Er schloss die Augen, als sie ihn küsste. Er erwiderte diesen fast brutalen, letzten Kuss. Etwas in seinem Inneren rastete ein und er gab auf, zog Kel an sich. Diesmal würde es nicht einfach nur Tage dauern, sondern vielleicht Wochen, bevor er sich zurückverwandelte.
Kel riss sich aus seinem Griff los. Ihr Gesicht wirkte bitter, enttäuscht, und sie sah jetzt so furchtbar erwachsen aus. Älter als Lex selbst ... Sie drehte sich wortlos um und lief zurück zu den Banshees, die schwarzen Wellen gleich um sie schwappten und sie vor seinen Blicken verbargen.
Lex ließ seine Hände sinken und ging nach Hause. Es war gut so, sagte er sich. In ein paar Tagen, vielleicht sogar schon morgen, würde sie abreisen und er würde sie nie wiedersehen.
Die Erde erzitterte kurz und die Menschen um ihn herum schrien auf. Lex hockte sich instinktiv hin, bereit, den Schutzzauber hochzufahren. Das Siegel brannte unangenehm durch seine Haut, aber der Boden blieb still.

12

„Lex! So schön, wieder von dir zu hören, Cariad!", grölte sein Onkel durch den Hörer.

Lex biss sich auf die Lippen. Die Stimme seines Onkels versetzte ihn mehrere Kontinente weiter, nach Hause. Das Verlangen, den alten Mann wiederzusehen, schwappte über ihn und verklebte ihm den Mund. Er berührte den Kristall unter seinem T-Shirt und sein Herz schlug schneller. Er konnte endlich nach Hause kommen!

„Ist alles okay?", fragte sein Onkel misstrauisch nach. „Geht es dir gut? Brauchst du Geld?"

Lex lachte auf und schluckte die Sehnsucht hinunter. „Es ist alles gut, alter Mann. Mach dir keine Sorgen. Ich hab dich nur vermisst …"

„Ja?" Das Lächeln war deutlich hörbar. Er räusperte sich. „Wie geht es Jian?"

So ein Mist! „Ich weiß es nicht …"

„So ist das also", war alles, was sein Onkel dazu zu sagen hatte. Jemand rief etwas am anderen Ende der Leitung und sein Onkel antwortete. „Ich muss los, Lex. Man kann die Klasse nicht eine Minute alleine lassen."

„Ich rufe demnächst wieder an, okay?" Denn abgesehen von seiner Trennung von Jian gab es etwas Wichtigeres, das er seinem Onkel erzählen musste.

„Mach das!"

Lex hatte fast aufgelegt, als sein Onkel nach ihm rief. „Warte, Lex! Arthur meinte gestern, der Equalizer wäre in Hongkong. Bau bitte keinen Mist, okay?"

„Okay", antwortete er und rollte mit den Augen. Trotz Kels Blut würde er nie wieder höhere Magie wirken können und schon gar nicht Dämonen jagen. Das Blut heilte zwar die Brandverletzungen, aber es konnte nichts gegen den Fluch selbst ausrichten – den würde Lex wohl bis ans Ende seiner Tage mit sich tragen. Die Aufmerksamkeit eines Equalizers auf sich zu ziehen, war das Letzte, worüber er sich momentan Sorgen zu machen brauchte.

Lex musste immer noch den Jungen finden. Die Suche im Internet brachte nicht viel. Die Lagerhallen standen angeblich leer, das gesamte Gelände war im Besitz der *Ling Constructions*. Lex fand einen kleinen Zeitungsartikel über einen verheerenden Brand, der das gesamte Areal zerstört hatte. Unzählige Tote, darunter das Kind und die Frau des Besitzers. *Brandursache konnte nicht gefunden werden.* Das konnte alles bedeuten, aber wenn Menschen sich etwas nicht erklären konnten, so war vermutlich Magie im Spiel.

Lex strich die Banknote glatt, zählte die vielen Nullen. Der Schein war nichts mehr wert, nur ein Artefakt einer schlechten Ära.

Aber auch den würde Kel ihm nicht zum Spaß gegeben haben. Also suchte er weiter in verborgenen Gruppen und Foren, bis er einen Eintrag fand. Es war eine Antwort zu einer Frage, die keine wahr: Nur GPS-Daten mit einem Fragezeichen. Aber die Daten gehörten zum Hafen. Bevor er die Antwort jedoch kopieren und übersetzen konnte, verschwand sie aus dem Forum. *Vom Nutzer entfernt.* Lex gab die 2-3 Wörter ein, an die er sich noch erinnern konnte, und das Übersetzungsprogramm erkannte nur ein einziges:

Mitternacht. Jetzt musste er nur bis Mitternacht warten und hoffen, dass Âyís Auftrag in dieser Nacht erledigt sein würde.

„Hey!“ Lex klopfte mit dem Pfannenwender leicht gegen Mawus Kopf. „Das ist meins!“

Mawu beschnüffelte den knisternden Inhalt der Pfanne und nieste. Er sprang schnaufend von der Arbeitsplatte. Lex sah ihm nach und betrachtete dann das goldbraune Stück Fleisch. Es roch in der Tat merkwürdig. Er erinnerte sich nicht daran, dass Fleisch jemals so gerochen hatte. Dabei war es ein perfektes, frisches Stück Rind gewesen. Er trommelte mit den Fingern auf der Arbeitsplatte. Endlich durfte er wieder Fleisch essen!

Das zartrosa Stück Steak an der Gabel sah perfekt aus. Und es schmeckte … enttäuschend. Er kaute langsam. Sollte Fleisch so schmecken? Es roch immer noch unangenehm. Zu intensiv, zu … falsch. Er nahm noch einen Bissen, verzog den Mund und schob den Teller von sich. Liz war sofort bei ihm und begann schnurrend das Fleisch zu zerreißen. Das sprach nicht unbedingt für die Qualität des Fleischs. Der weiße Kater würde unter Umständen seine eigene Großmutter fressen.

Lex rieb sich übers Gesicht. Das war eine Enttäuschung. Als er sich zurücklehnte, spürte er seine Jacke, die er über die Stuhllehne geworfen hatte. Ein neuer Gedanke durchzuckte ihn und seine Finger zitterten, als er nach dem Feuerzeug und den Zigaretten suchte. Die Jacke fiel schwer zu Boden. Das Feuerzeug war weg, aber die Zigarettenpackung noch unversehrt in Folie eingeschweißt und trocken.

Er brauchte zwei Anläufe, bevor er das Streichholz anzünden konnte. Sein erster Zug füllte seinen Mund mit ätzendem, bitterem Rauch. Er hielt die Zigarette von sich und hustete, bis an die Grenze zum Erbrechen. Das Siegel, das nach dem Fleisch nur warm gewesen war, flammte jetzt auf.

Lex stolperte zur Spüle und warf die Zigarette hinein. Sie zischte. Lex beobachtete lange, wie sich das weiße Papier mit Wasser vollsog. Warum? Er hatte jetzt Kels Blut, warum konnte er sein altes Leben nicht wiederhaben? Oder zumindest so leben, wie er es vor Mays Fluch getan hatte? Es sollte doch jetzt alles wieder in Ordnung sein. Er schlug gegen die Arbeitsplatte und das Geschirr schepperte in der Stille. Sein Siegel pochte schmerzhaft, aber er weigerte sich, Kels Blut zu nehmen. Wozu die Mühe?

***

Lex betrat das Hafengelände und blieb im Schatten eines Gebäudes stehen. War Kel noch da? Er hatte Angst davor, ihr wieder zu begegnen. Vor der Ungewissheit, was er dann tun oder sagen würde. Er presste seine Hand gegen den Verband, versuchte den pochenden Schmerz wieder zurück in das Siegel zu drücken. Auf eine perverse Art und Weise begrüßte er diesen Schmerz, denn er kannte ihn bereits. Er kannte das Leben, das er damit verband.

Sein Handy vibrierte in seiner Tasche – es war Mitternacht. Jemand ging an ihm vorbei. Lex spürte die Präsenz eines *Anderen* und hielt den Kopf noch tiefer gesenkt. Wenn er schon hier sein musste, dann sollte ihn wenigstens niemand erkennen. Der *Andere* sprang leichtfüßig über die Absperrung der Baustelle und war verschwunden. Lex folgte ihm nach ein paar Augenblicken. Er schlich zwischen den Baumaterialien und den stillen Fahrzeugen herum. Der *Andere* hatte inzwischen die Lagerhallen erreicht. Dessen unbewegliche Silhouette war deutlich gegen das Leuchten eines Snackautomaten zu sehen.

Lex hörte ein Geräusch und sah zum Wasser hinter sich. Er dachte sofort an Kel. Dabei müsste der Verwandlungszauber längst erloschen sein. Und Kel würde ihn unmöglich vom Wasser aus sehen können …

Als Lex sich den Hallen zuwandte, war der *Andere* verschwunden. Er steuerte auch auf die Lagerhallen zu. Das Licht des Automaten leuchtete ihm flackernd den Weg.

Lex erwartete eine Tür zu finden oder irgendeinen anderen Weg. Vor ihm stand nur ein alter und leerer Automat. Durch das durchgerostete Wellenblech dahinter konnte er tatsächlich in das dunkle und sehr leere Innere der Hallen sehen. Es gab hier nichts!

Wie zur Bestätigung wurde das Licht des Automaten intensiver, die Neonröhre im Inneren knisterte trocken – eine zerbrochene Neonröhre. Lex berührte das verkrustete Glas und die Röhre sprühte Funken. Natürlich reagierte der Automat auf Magie. Und auf Geld!

Lex holte den Rubelschein aus seiner Hosentasche und glättete ihn. Er hatte nichts zu verlieren, oder? Niemand stellte einfach so zum Spaß einen magieempfindlichen Automaten auf. Der Schein wurde eingezogen und für einige furchtbare Sekunden befürchtete Lex, dass er irgendeine Zahlenkombination eingeben müsste, die er unmöglich wissen konnte. Aber das ganze Gerät glitt ihm entgegen, ließ sich wie eine Tür zur Seite schwenken. Dahinter lag ein ausgeleuchteter Gang, der betonierte Boden noch nicht ausgetreten und unerwartet sauber. Es ergab eine wunderbare Falle. Lex hatte keine Zeit, darüber nachzudenken, ob das Risiko es wert war oder nicht – die Tür schloss sich wieder und Lex schlüpfte in letzter Sekunde hinein.

Als hätte er einen Vorhang passiert, stürzte sich das Gewicht der Magie und der *Anderen* auf ihn nieder. Er hielt sich an der Wand fest, kämpfte das eigene Feuer nieder, das ausbrechen wollte. Lex konzentrierte sich auf die Geräusche, die Stimmen, die er hinter der Abbiegung hörte, auf die Gerüche, die ihm entgegenströmten. Er kannte den rauchigen Duft von Räucherstäbchen, den süßlich fauligen Duft von überreifem Obst und feuchten Kräutern. Er war offenbar auf einem Markt. Auf einem geheimen Markt für *Andere*.

Das Rascheln in seinem Rücken schreckte ihn auf. Eine Frau zuckte bei seinem Anblick überrascht zurück, presste ihre Handtasche enger an sich und eilte an Lex vorbei. Viel langsamer folgte er ihr. Sie war ein Mensch. Einfach nur ein Mensch! Was war das für ein Ort?

Lex kam um die Ecke und beäugte misstrauisch den Beschwörungskreis, der in den Boden vor den Türen eingelassen war. Es leuchtete giftgrün auf, als die Frau darüber lief. Einer der Wachen, die neben der Tür standen, war schnell und effizient zur Stelle – er zog sie zur Seite. Nach einem empörten Ausruf reichte ihm die Frau ein Butterfly-Messer, das der Wächter in eine große Plastiktonne warf. Die Frau schnaubte und marschierte durch die Tür.

Lex folgte ihr wenig später. Der Kreis flammte violett auf und er wurde augenblicklich gegen die Wand geschleudert. Die Wachen griffen zu ihren Handys, einer richtete sogar seine Waffe auf Lex.

„Hexen ist der Zutritt verboten!“, bellte einer von ihnen.

„Ich bin keine Hexe!“, zischte Lex zurück und wand sich in den unsichtbaren Fesseln, die ihn gegen die Wand drückten. Einer der Wächter machte einen überraschten Laut und drehte sich um. Lex folgte seinem Blick und sah direkt in eine Überwachungskamera über der Tür.

„Lex Foster?“, fragte die Wache mit dem Handy an seinem Ohr nach.

„Ja?“

„Nimm die Waffe runter!“, zischte der Mann dann seinen Kollegen an. Im selben Augenblick, als dieser die Waffe senkte, lockerte sich auch der Griff um Lex. „Wenn wir bestimmte Vorkehrungen getroffen haben, dürfen Sie ausnahmsweise den Markt betreten.“

Lex wurde nicht gefragt, ob er immer noch hinein wollte. Ein Mann packte sein Handgelenk und stach ihm eine Nadel in die Handfläche.

„Geht's noch?“ Lex riss seine Hand weg. Waren die übergeschnappt? Er hätte sie auf der Stelle alle abfackeln können! Er sah zu, wie der Mann die Nadel in eine Flüssigkeit tunkte und diese sich rot verfärbte. Und Lex merkte, dass sein Feuer auf einmal schwieg. *Alles schwieg.* Sogar die Magie … Wie war das möglich?

„Negativ“, gab der Mann über das Handy durch und wandte sich dann wieder Lex zu. „Arm ausstrecken.“

Lex blickte auf die übergroße Spritze in dessen Hand. Reiner Edelstahl und Glas. Archaisch, umweltfreundlich und gefährlich. „Ich weiß nicht, ob ich nach so einem Ding noch negativ bleibe. Ist es steril?“, fragte er, um auf Zeit zu spielen. In Wirklichkeit war es ihm egal; sein Feuer würde jeden Virus und Erreger sofort aus seinem System brennen.
Der Mann stierte ihn an. „N. E. G. A. T. I. V“, buchstabierte er. „Kein Equalizer. Willst du jetzt rein oder nicht?“
Lex streckte den Arm aus. Der Mann schob die Nadel unter die Haut von Lex' Unterarm und spritze etwas rein. Lex biss die Zähne zusammen. Der Druck war schmerzhafter als der Einstich. Als die Spritze wieder weggepackt wurde, strich Lex über die Einstichstelle, spürte etwas von der Größe eines Reiskorns unter der Haut liegen.
„Ihr habt mich gechipt?“
„Eine Vorsichtsmaßnahme.“ Der Mann hielt ihm lächelnd ein pinkes *Hello Kitty*-Pflaster hin. „Ein bisschen Gift gegen weiße Magie. Wir wollen hier keinen Ärger.“
Lex griff nach dem Pflaster und klebte es sich demonstrativ auf den Unterarm. *Weiße Magie?* Hieß das, sie ließen nur jemanden rein, der *schwarze* Magie betrieb? So etwas gab es nicht einmal.
„Schwuchtel“, zischte ihm der Mann hinterher.

Das Licht in der Halle blendete ihn für einige Augenblicke. Er trat zur Seite, überwältigt von der Lautstärke und der noch stärkeren Konzentration von Magie und den *Anderen*. Als er wieder klar sehen konnte, war er nicht überrascht, das Gleiche wie auf jedem anderen Hongkonger Markt zu sehen. Statt Gewürze wurden geriebene Knochen und

Schuppen verschiedenster Lebewesen angeboten, statt Kräuter getrocknete Pflanzen aus ganzer Welt und offenbar alles, was auf der Liste der geschützten oder ausgestorbenen Arten stand. Der grünliche Schimmer identifizierte die gemahlenen Knochen von Faunen, die als ewiger Dünger verkauft wurden. Den Tengu, der gerade mehrere Kilogramm davon kaufte, schien es nicht zu stören, dass er die Überreste eines *Anderen*, so wie er selbst einer war, kaufte. Er schniefte bloß mit seiner riesigen, roten Nase über den überteuerten Preis und flatterte dann beleidigt mit den Flügeln, als der Händler nicht feilschen wollte.

Zwei ältere Frauen sahen sich Bürsten aus Kelpie-Haar an. Die Verkäuferin versprach dichteres Haar und jüngeres Aussehen. „70?“, riefen die Frauen gleichzeitig aus, als die Verkäuferin ihr Alter verriet.

Lex schob seine Hände in die Taschen und ging weiter. Er kannte Madame Lyon und somit die Tatsache, dass sie seit dem 19. Jahrhundert in Hongkong residierte und viel älter als 70 war. Etwas, womit sie vor Menschen schlecht prahlen konnte. Bestimmt würde sie den Käuferinnen nicht erzählen, dass die Kämme und Bürsten nur sie selbst verjüngen würden, indem sie die Energie der Besitzer fraßen und zu ihr leiteten.

Lex kam wieder an einem Wachposten vorbei. Wer organisierte und überwachte den Markt? Wer erlaubte es jemandem wie Madame Lyon, Menschenleben anzuzapfen? Definierten sie so schwarze Magie?

Lex ging an den Essensständen auf der anderen Seite der Halle vorbei. Auch hier gab es die Arten von eingelegtem

Gemüse und Teesorten, die bei Menschen Organversagen und starke Halluzinationen verursachten.
Jemand rempelte ihn an, heißer Atem streifte sein Gesicht. Lex zuckte vor Kels Gesicht zurück. Er wusste, dass er in dem Augenblick wie ein Idiot aussah, während er seinen Mund auf und zu machte. Aber sein Gehirn konnte nicht einmal einen Fluch fabrizieren. Das Siegel riss ein weiteres Stück auf, sein Arm begann zu brennen und Lex zwang sich, ruhiger zu atmen. Kel trat an ihn heran. Was tat sie hier?
Lex schob seine Hände tiefer in die Taschen, jagte sich die Fingernägel in die Handflächen. Kel lächelte strahlend, vergrub ihre Finger in seiner Jacke. Lex starrte hilflos auf ihre Grübchen und sein ganzer Körper erinnerte sich an ihren, an ihr Gewicht in seinen Armen. Sie stellte sich auf die Zehenspitzen und Lex konnte nicht widerstehen. Er griff nach ihr, strich über ihre Hüften, spürte den rauen Stoff ihrer Jenas, ihre Wärme …
Ihr heißer Atem fand seinen Mund. Es konnte nicht sein, sagte er sich. Der Zauber war verloschen. Es sei denn … Es sei denn, sie hatte die zweite Kräuterkugel sofort hinterher genommen. Ihre Lippen legten sich heiß auf seine und die Geräusche des Markts rückten von ihm ab. Als steckte er in einem Traum. Und der Gedanke, dass etwas nicht stimmte, nagte weiter an ihm. Aber was? Die Sinneseindrücke sammelten sich – das Anrempeln, die falsche Größe, ihre Kleidung und Wärme … Lex riss sich aus ihrem Griff und blickte in goldene Reptilienaugen.

„So ein Spielverderber!“, hauchte der Sukkubus und fuhr mit seinen Händen Lex’ Brust nach, bevor er hüfteschwingend in der Menge verschwand.
Lex stolperte einige Schritte zurück, hörte das Blut in seinen Ohren rauschen. Er sah sich um, aber niemand beachtete ihn … nicht einmal die Wachposten. Er wischte sich den Schweiß aus dem Gesicht und ging schnell weiter. Was war das für ein Ort, an dem Messer verboten waren, aber Sukkuben unbeachtet auf Jagd gehen konnten? Wenn der Sukkubus Lex’ ganze Lebensenergie ausgesaugt hätte, wäre er hier, mitten in der Menge, gestorben und alle hätten es ignoriert.

Lex ging durch die letzte Reihe an Ständen. Es war viel leerer hier, aber er sah nirgendwo ein Kind, geschweige denn einen Jungen. Nicht einmal ein Fuchsfell, was auf so einem Markt praktisch obligatorisch war. Er erreichte die Rückseite der Lagerhalle, ohne die geringste Spur von beiden zu finden. Hier standen gleich vier Wachposen neben einer unscheinbaren Tür. Ein Mann, ganz klischeehaft im teuren Anzug, mit Sonnenbrille und Aktenkoffer, passierte das Pentagramm, das sowohl im Boden als auch in der Decke eingelassen war. Einer der Wachen öffnete mit einer Verneigung die Tür. Lex sah dahinter ein grünes Leuchten, als der Mann einen Ganz-Körper-Scanner betrat. Das war wohl der VIP-Bereich.
Lex griff sich fluchend ans Ohr, als seine Ohrstecker heiß wurden. Einer der Wachposten starrte Lex an und sprach dabei in sein Handy. Lex hörte deutlich seinen Namen und die anderen drei Männer blickten auch zu ihm, traten

näher. Das war sein Zeichen, diesen gefährlichen Ort zu verlassen.

Die Hitze staute sich unter seinem T-Shirt, bei jedem Schritt sprühten Funken aus dem Ausschnitt heraus. Von dem Chip in seinem Unterarm schoss der Schmerz nach oben. Er wartete auf einen Angriff, auf Hände, die ihn festhielten, und bereitete sich darauf vor, die Edelsteine zu opfern. Aber niemand hielt ihn auf.

Er rannte förmlich aus dem Gebäude heraus. Die Rufe der Wachposten rissen ab. Lex blieb überrascht stehen und blickte schweratmend zu der Halle und dem blinkenden Automaten zurück. Niemand verfolgte ihn. Niemand schien sich überhaupt für ihn zu interessieren. Er riss sich das Pflaster ab und holte den Füller aus seiner Hosentasche heraus. Er ritzte solange an seiner Haut herum, bis der Chip – ein zischendes, schwarzes Ding – mit dem Blut aus seinem Arm gespült wurde.

***

Lex warf die Jacke auf den Boden und sank auf das Bett. Nichts! Er hatte absolut nichts gefunden. Und wäre dabei fast draufgegangen. Hatte Kel gewusst, was in der Lagerhalle abging? Hatte sie ihn absichtlich dahin geschickt? Aber wie hat sie dann den Vertrag ausgetrickst?

Er wischte sich über den Mund, an dem immer noch die Hitze des Sukkubus haftete. Er war wütend auf Kel für diesen falschen Tipp. Wütend auf sich selbst, weil er auf den Sukkubus – auf die falsche Kel – reagiert hatte.

Lex schloss die Augen. Das T-Shirt klebte heiß an seiner Brust und sein Arm pochte immer noch, pumpte das Gift aus seinem Kreislauf. Er musste morgen mit Âyí reden. Er sah keine Chance mehr, den Jungen zu finden.

Ein Kratzen weckte ihn. Er blinzelte in die Finsternis und knirschte mit den Zähnen. Das Geräusch von Krallen über Holz wiederholte sich. Direkt unter dem Bett!
„Muss das sein?“, zischte er. „Mawu, lass das!“
Er beugte sich über den Bettrand, um nach dem Kater zu greifen, und sah eine Bewegung. Es war nicht Mawus Pfote, die unter dem Bett hervorlugte. Lex’ Herz zog sich schmerzhaft zusammen und ein Feuerball explodierte aus seiner Brust. In dessen Licht sah er deutlich die aschegraue Haut, die ledrig dünne Knochen überzog, und die zentimeterlangen schwarzen Krallen.
„Mawu? Liz?“ Die Namen fielen rau und schwach aus seinem Mund.
Er rutschte weg vom Bettrand und tastete zitternd in seinem Bett herum. Nach irgendetwas. Vergeblich natürlich. Sein T-Shirt brannte, umgab ihn mit zittrigem Zwielicht. Über dem Bettrand erschien der Kopf des Traumfressers, der seine verdorrten Augenhöhlen auf Lex richtete.

13

Er hätte so tun sollen, als schliefe er noch. Er hätte den Schlaf magisch induzieren sollen. Lieber eine Nacht voller Alpträume und ein Kater am nächsten Morgen, statt bei lebendigem Leib gefressen zu werden. Jetzt hatte der Traumfresser ihn gesehen. Wusste, dass Lex wach war …

Die ausgetrockneten Klauen raschelten über die Bettdecke, krochen auf Lex zu. Dieser sah erstarrt hinab. Sah im Licht seines brennenden T-Shirts die schwarzbraune Kruste, die die gebogenen Krallen überzog. Blut … Blut all der Unglücklichen, die so wie er nachts wachgeworden waren und den Traumfresser über sich gesehen hatten. Lex war wieder fünf, klein und hilflos, in seinem Kinderbett im Haus seines Onkels. Hörte den eigenen schrillen Schrei, als er damals zum ersten Mal einen Traumfresser erblickt hatte. Nur Lex' Feuer und die Beschwörungen seiner Tante waren in der Lage gewesen, den Traumfresser zu verjagen. Und jetzt … Jetzt hatte er gar nichts.

Schweiß rann zwischen seinen Schulterblättern hinab, der fast hinuntergebrannte Stoff zischte. Der Traumfresser beobachtete die Funken, die brennenden Stofffetzen, die auf das Bett fielen. Sie schienen das Einzige zu sein, das ihn davon abhielt, Lex sofort anzugreifen.

Lex atmete zittrig ein und aus. Die Haut entlang seiner Siegel brannte, der Schmerz strahlte dumpf in seinen Körper hinein. Konnte er warten? Konnte er das Feuer bis zum Sonnenaufgang brennen lassen und einfach ruhig sitzen bleiben?

Der Traumfresser öffnete seinen Mund und das Geräusch – als hätte jemand einen Korken aus einer Flasche gezogen – schreckte Lex auf. Sein Herz erstarrte. Die Hände des Traumfressers schnellten vor und er schlug seine Krallen in Lex' Oberschenkel. Lex schrie und neue Feuerschwaden explodierten aus seinem Siegel. Die Krallen zerrten an seinem Fleisch, während er um sich trat und auf den Kopf des Traumfressers einschlug. Er schaffte es, das Ding von sich zu treten, und sprang vom Bett. Seine Beine gaben augenblicklich nach, aber er bewegte sich weiter, kroch und lief auf allen Vieren in den Flur. Das Holz des Baseballschlägers reflektierte das Leuchten seines Feuers und Lex schloss seine Finger dankbar um den Griff. Er schrie wieder auf, als die Krallen durch seinen Rücken schnitten und an seinen Schulterblättern entlang schabten. Lex warf sich nach hinten, rammte den Traumfresser gegen die Wand. Das einzige Geräusch, das das Monster von sich gab, war ein feuchtes Schlürfen, als er seine Krallen aus Lex' Rücken zog. Der drehte sich sofort um, holte weit aus und schlug zu. Das Knistern und Splittern von Knochen füllte den winzigen Raum, bevor der Traumfresser sich schlitternd in das dunkle Innere der Wohnung zurückzog.

Lex blieb schweratmend stehen. Die Schnitte an seinem Rücken brannten und das Blut, das hinabfloss, tränkte den Bund seiner Jeans. Er versuchte irgendetwas zu hören – irgendein Geräusch, das ihm verriet, wo der Traumfresser auf ihn wartete. Aber sein Atem und Herzschlag waren zu laut. Das Feuer und die Funken, die ihm regelmäßig entwichen, machten ihn zu einer beweglichen Zielscheibe. Und er wurde immer schwächer, spürte, wie er die Kontrolle

über das Feuer verlor. Nein, er konnte nicht bis zum Sonnenaufgang ausharren. Er würde das Ding umbringen müssen, wenn er nicht selbst sterben wollte.
Lex holte tief Luft. Schritt für Schritt näherte er sich der Dunkelheit. Er tastete mit blutigen Fingern nach dem Lichtschalter. Die Glühbirne flackerte kurz auf und erlosch. Er erinnerte sich an Jians Stimme an seinem Ohr, als sie gemeinsam einem Traumfresser entgegentraten: *Keine Elektrizität, keine Waffen. Sie sind so grundlegend magisch, so unirdisch, dass ihnen nur eine einzige Sache Schaden zufügen kann – dein Wille!*
Das Klackern von Krallen warnte ihn vor dem Angriff. Er schwang wieder den Schläger, das Holz knisterte mit seiner Magie und streifte diesmal den mumifizierten Schädel. Lex sprang rechtzeitig zurück, bevor die Krallen ihn erreichten, und schlug wieder zu. Ein weiterer Edelstein verschwand aus seinen Ohrsteckern, noch mehr Feuer entwich den Siegeln und sogar seinem Mund. Es verbrannte seinen Rachen und Zunge. Die Luft um ihn herum begann zu flimmern. Er würde es nicht schaffen … Er stolperte, verfehlte den Traumfresser und zerschlug stattdessen seinen Vorratsschrank. Kräuter und Farben explodierten über dem Boden, die Luft stank nach ihnen. Was sollte er jetzt tun? WAS?
Ein Knurren schreckte ihn auf. Mawu streifte sein Bein, flankiert von Liz. Lex wischte sich den Schweiß und das Blut aus dem Gesicht und ließ den Baseballschläger sinken. Die Kater kreisten schnatternd um den Traumfresser, der mit seinen verdorrten Kiefern lautlos nach ihnen schnappte. Lex trat schwankend zurück und der Schläger

rutschte aus seinem Griff, knallte zu Boden. Er hatte endlich eine Chance!

Er kniete sich hin, tastete durch Kräuter und Glasscherben, bis er eine Tube mit Farbe fand. Er riss die Kappe mit seinen Zähnen ab und drückte einen Klumpen Farbe in seine Hand. Mit der Hand auf dem Boden, drehte er sich ein Mal um sich selbst, um einen perfekten Kreis zu erschaffen. Er zwang das Zittern weg, bevor er die Runen in das Pentagramm malte.

„Mawu!“, rief er, sobald er fertig war und griff wieder nach dem Baseballschläger. Die wenige Magie, die ihm noch blieb, leitete er in das Holz hinein. Zu dritt trieben sie den Traumfresser zentimeterweise nach hinten, bis der in das Pentagramm trat. Die Farbe löste sich in langen, flatternden Linien nach oben, schwarze Algenstränge in der Luft, bevor sie hinabpeitschten, die Glieder des Traumfressers umschlangen und ihn in den Kreis rissen. Der Körper des Traumfressers krampfte und er riss seinen Mund in einem lautlosen Schrei auf.

Liz sprang als erstes auf den Traumfresser, versank seine Zähne in dessen Hals. Die Krallen des Monsters schabten über den Boden, versuchten den Kater zu erreichen. Mawu folgte seinem Bruder und gemeinsam bissen sie sich bis zum Genick des Traumfressers durch. Ein Röcheln entwich dessen Kehle und die Lampe flackerte erneut auf. In der Küche ging der Kühlschrank wieder an und das Knacken und Splittern von Knochen, als die Kater das Monster in Stücke rissen, mischten sich in das Summen hinein.

Übelkeit stieg heiß Lex' Hals hoch. Er wandte sich schnell ab, stolperte zum Bett, das verbrannt roch und mit seinem

Blut durchtränkt war. Er zwang sich, den Baseballschläger loszulassen, der an seiner blutigen Handfläche festklebte. Er brannte – innen wie außen – und er musste sich augenblicklich beruhigen. Also suchte er nach seiner Jacke und holte die Zigaretten heraus. Er steckte sich eine in den Mund, hielt sie zwischen zitternden Lippen. Es kam nicht in Frage, jetzt tatsächlich zu rauchen – er würde daran sterben, aber allein das Gefühl und der leichte Geruch von Tabak beruhigten ihn etwas. Zumindest genug, um die Lage zu analysieren.

Das Apartment war zerstört, genauso wie seine Sammlung an Kräutern. Aber die Edelsteine waren noch da, er konnte also mit der Zerstörung leben. Sein Körper war kaum noch in der Lage, das Feuer zu halten, aber auch das würde er beheben können. Er hatte Kels Blut. *Zum Glück* hatte er Kels Blut …

Die Sehnsucht nach Kel, der Wunsch, sie wäre jetzt da, durchzuckte ihn. Und wozu? Nur damit er nicht alleine war? Seine Gedanken schwirrten umher, fanden Verbindungen, wo er zuvor keine gesehen hatte. Er lehnte seinen Kopf gegen die Bettkante und fluchte. Die hysterische Nachbarin! Das Kratzen, wegen dem sie sich beschwert hatte! Der Traumfresser war seit Tagen im Haus unterwegs. Und wenn er schon gestern dagewesen war? Wenn Kel ihn gesehen hätte? Ohne eine Fluchtmöglichkeit in der Badewanne? Wenn es mehrere Traumfresser gewesen wären? Und wenn jetzt immer noch welche durch das Haus streiften?

Er gab die Nummer aus dem Gedächtnis ein und blickte lange auf das blutverschmierte Display, bevor er tatsächlich wählte.
Ein Fluch erklang am anderen Ende der Leitung. „Es ist mitten in der Nacht!"
Der Klang von Jians verschlafener Stimme trieb Lex Tränen in die Augen und er spuckte die Zigarette aus. „Ich bin es …"
Jian sog scharf die Luft ein. „Alexa?"
Lex wischte sich über die Augen. „Lex", korrigierte er.
Jians Atem stockte erneut.
„Ich brauche deine Hilfe", zwang Lex sich zu sagen und verzog das Gesicht. Er wartete darauf, dass Jian wortlos auflegte, starrte dabei auf seine zitternden Finger. Auf die eintätowierten Schutzsymbole, die Jian ihm vor Jahren gezeigt hatte – die der auch an seinen Fingern trug.
„Was ist passiert?"
Lex sank gegen das Bett und für einige Sekunden ließ das Zittern nach. „Ein Traumfresser war hier."
„Bist du o…?" Jian fluchte wieder kaum hörbar. „Du bist wieder zu Hause?"
„Nein. Hongkong."
Einer der Kater knurrte bedrohlich hinter ihm und Lex drehte sich um. Die beiden waren inzwischen auf das Mehrfache angewachsen, hatten die Größe einer Dogge erreicht, während sie sich um die schwarzen, versteinerten Innereien des Traumfressers stritten. Lex drehte sich schnell wieder weg.
„Das kann nicht sein", sagte Jian endlich. „Es gibt keine Traumfresser in Asien."

„Die Jungs fressen aber gerade einen auf“, widersprach Lex schwach. Das hatte er nicht gewusst, obwohl Jian ihm das bestimmt oft genug erzählt haben musste. Wo war der Traumfresser dann hergekommen?
„Denkst du, jemand hat es absichtlich getan?“
Lex schloss die Augen. Wer war schon verrückt genug, einen Traumfresser zu fangen und irgendwo auszusetzen, ohne Garantie dafür, dass es den Richtigen traf? „Warum sollte jemand mir so etwas antun wollen?“
Jian seufzte. „May hat dir immer noch nicht verziehen …“
Lex blickte seinen Oberkörper hinab, der mit Blut und Brandblasen überzogen war. „Ich weiß“, flüsterte er. *Du mir auch nicht.*
Jian räusperte sich. „Was wolltest du von mir?“
„Traumfänger …“ Lex zählte erschöpft Fenster und Türen. „Vier, fünf Stück … Oder mach gleich zehn daraus. Die größten, die du hast.“ Lex hörte das Kratzen eines Stifts auf Papier.
„Irgendwann am Abend, auf jeden Fall vor Sonnenuntergang, sollte das Paket da sein.“
„Danke …“ Lex seufzte erleichtert und sah wieder nach den Jungs. Sie putzten sich gerade, inzwischen so groß wie Tiger. Das Pentagramm war leer.
Er hörte Jians Atemzügen zu und all die Worte, die er seit ihrer Trennung nicht gesagt hatte, stiegen in ihm hoch. Lex hatte sich nie bei ihm entschuldigt. Er hatte Jian nie dafür gedankt, dass dieser ihn damals trotz allem, trotz des Verrats und des Fluchs, zu Âyí gebracht und ihm somit das Leben gerettet hatte. Es war jetzt zu spät, all diese Dinge zu sagen, nicht wahr?

„Alexa …“
Lex trennte die Verbindung. Er war nie nur Alexa gewesen. Und es war selbst jetzt, nach einem Jahr, ein Schlag, dass Jian diese Tatsache immer noch nicht akzeptiert hatte. Er lächelte freudlos. Eine der Wenigen, die, von seiner Familie abgesehen, keinen Unterschied zwischen seinen Formen machte, war ausgerechnet Kel gewesen.
Lex zog sich am Bett hoch und ging langsam an der Wand entlang zur Küche. Er holte aus dem Kühlschrank die Wasserflasche mit Kels gelöstem Blut und nahm einen großen Schluck. Das Wasser schmeckte salzig und bitter und nach Metall. Es kühlte seinen verbrannten Mund und Rachen, beruhigte das Feuer in ihm. Seine Haut begann zu jucken, wo sie sich bereits schloss, und er kämpfte gegen das Verlangen, sich an diesen Stellen zu kratzen. Er nahm vorsichtig noch einen Schluck, behielt ihn lange im Mund, bis der dumpfe Schmerz verschwand und sein Kopf wieder aufklarte.
Seine Hände zitterten immer noch, als er die Flasche zurück in den Kühlschrank stellte. In den Trümmern des Vorratsschranks fand er die Dose mit Edelsteinen. Mit deren Hilfe entsorgte er die verdorbenen Kräuter und Scherben, löschte das Pentagramm und stellte den Schrank wieder her. Die Blutflecken zu entfernen, war dagegen einfach. Die Magie akzeptierte das frischvergossene Blut als Opfer und neutralisierte es.
Lex sah sich um. Überall waren noch Kratzer und Risse zu sehen, aber er hatte nicht genug Steine, um auch diese verschwinden zu lassen.

Er fiel in sein Bett, das noch lange nach Rauch riechen würde. Die Matratze schwankte, als die Kater auf das Bett stiegen. Ihre Körper waren riesig, hatten sich der Energiemenge, die sie durch den Traumfresser bekommen hatten, angepasst. Lex ließ sich herumschubsen, dankbar für deren Wärme und Sicherheit. Denn sollte tatsächlich wieder ein Traumfresser auftauchen, hätten sie dank der gespeicherten Energie viel bessere Chancen. Lex erinnerte sich an den stummen Schrei und die leeren Augenhöhlen, die ihn fixiert hatten …

Mawu murrte und legte seinen Kopf auf Lex' Brust. Er streichelte den Kater abwesend zwischen den riesigen Ohren. Das Gewicht des Schutzgeistes drückte gegen seine Rippen, als könnte dies sein rasendes Herz zurücktreiben. Das Schnurren füllte seinen Brustkorb aus, vibrierte seine Knochen entlang. Lex kämpfte gegen den Schlaf an, um mit seinen Träumen keinen Traumfresser anzulocken – nicht bis die Sonne aufgegangen war. Die Wärme und das Schnurren zogen ihn jedoch in den Schlaf hinab.

14

Die Sonne stand schon hoch am Himmel und die Stadt schrie mit voller Lautstärke, als Lex endlich aufwachte. Er rieb sich die Augen, versuchte die Bilder der letzten Nacht hinaus zu wischen. Im Sonnenlicht schmeckten die Erinnerungen nach bloßen Alpträumen. Aber die Bettwäsche war immer noch mit Rauch durchtränkt und die Kater überdimensional groß.

Lex kletterte über Liz' Rücken, dessen Ohren kurz in seine Richtung zuckten, bevor er mit einem Seufzen zurück in den Schlaf sank.

Lex blickte auf das Blut und die Asche, die in rostig grauen Spiralen im Abfluss verschwanden. Ein weiterer Beweis, dass es den Traumfresser wirklich gegeben hatte. Er konnte nur hoffen, dass Jian sein Wort hielt und die Traumfänger rechtzeitig schickte.

Er stellte das Wasser ab und griff nach dem Handtuch. Die Erinnerung an Jians Stimme schickte ein unerwünschtes Flattern durch seinen Unterleib. Lex zeichnete das Siegel um seinen Bauchnabel nach. Am Ende war es egal, wie Jians Stimme klang und was sie in ihm ausrichtete. Denn wäre Jian jetzt hier, würde er sich wegdrehen, angewidert von der Tatsache, dass Lex nicht nur ein Mann, sondern auch noch erregt war. ‚Ich habe einen Auftrag' war seine Lieblingsausrede gewesen, um Lex tagelang aus dem Weg zu gehen, bis er wieder eine Frau war …

Lex warf das Handtuch in die Wäsche und holte sein Handy, um nach der Uhrzeit zu sehen. Es war tatsächlich schon nach Mittag und er hatte eine Nachricht. Sein Herz spannte sich schmerzhaft an. Die Nachricht war von Âyí: Er sollte so schnell wie möglich zu ihr kommen. Das Feuer pulsierte durch seine Adern bis in die Fingerspitzen hinein, während er sich hastig anzog. Âyí hatte ihn noch nie per SMS zu sich bestellt.

***

Die Tür ging auf, bevor Lex klopfen konnte. „Komm rein, komm rein!“, zischte Âyí, ihre Augen gerötet.
Lex schloss vorsichtig die Tür hinter sich. Jeder Atemzug war zu klein. Als hätten seine Lungen Angst, richtig zu expandieren. Er folgte Âyí durch den Flur, als diese plötzlich stehen blieb und herumwirbelte. Ihr Blick überflog seine Haare, sein Gesicht, seinen Körper. Ihre Augen weiteten sich in stummem Horror. Ein Laut entwich ihren Lippen, ein gemurmeltes Wort, das Lex nicht verstehen konnte. Er blieb stehen, mitten in der Bewegung erstarrt. Âyí hatte gewusst, was er war, oder? Er war ein Mann gewesen, als Mays Fluch ihn traf. Âyís Lippen zitterten kurz, bevor sie diese fest zusammenpresste. Der Horror zerschmolz zu Mitleid, Michaels Blick in dessen Friseursalon nicht unähnlich.
Âyí drehte sich wortlos um und führte ihn zu ihrem winzigen Wohnzimmer. Lex sah sich flüchtig um. Er war zum ersten Mal hier und all die Bilder und die überfüllten, duftenden Apothekerschränke waren der reinste Süßwarenladen für Magier. Aber er setzte sich an den Tisch und konzentrierte sich auf das feuchte Glänzen in Âyís Augen,

das Zittern ihrer faltigen Hände, als sie ihm einen Teebecher reichte.
„Du hast ihn nicht gefunden." Âyí sank auf einen Stuhl und hielt sich an ihrem Becher fest.
Es war keine Frage gewesen, aber Lex antwortete trotzdem. „Nein. Jemand sagte, er müsste am Hafen sein, aber ich habe niemanden gefunden. Keine einzige Spur."
„Jemand?", fragte Âyí nach.
„Kaika."
Âyí nickte und nahm einen Schluck Tee. Lex erzählte nichts von Kels Tipp mit den Lagerhallen. Er glaubte nicht, dass Âyí seinen Vertrag mit einer Meerjungfrau gutheißen würde. Schlussendlich hatte er zu gar nichts geführt.
„Es ist sehr wichtig, dass wir ihn finden", flüsterte Âyí. Sie sah Lex an und senkte schnell wieder den Blick. „Es gibt etwas, das ich dir nicht gesagt habe. Über den Jungen. Er ist ein *Anderer* …"
Lex stellte seinen Becher härter als beabsichtigt ab. Der Tee schwappte über den Rand und verbrannte seine Finger. „Ein *Anderer*?" Das änderte doch alles! Lex fuchtelte hilflos mit seiner verbrannten Hand herum. „Ich hätte es von Anfang an wissen müssen!"
Âyí schüttelte den Kopf. „Er müsste wie ein ganz normaler Mensch aussehen. Ich habe geschworen, es geheim zu halten … Es durfte niemand wissen, was er ist. Oder dass er sich in Hongkong befindet." Âyí griff über den Tisch nach seiner Hand und er ließ sich festhalten, während sie seine Finger trocken tupfte und den Schmerz aus der Verbrennung zog. „Wenn wir ihn nicht bald finden …" Âyí brach ab und Lex zog seine geheilte Hand zurück.

„Was dann?“, fragte er. „Was passiert, wenn wir ihn nicht finden?“
Âyí blickte hinab in ihren Becher. Lex beobachtete sie hilflos. Er hatte sie nie so erschüttert gesehen. So müde … Jetzt war nicht der Zeitpunkt, um ihr von dem Traumfresser zu erzählen oder von seinem Besuch in den gefährlichen Lagerhallen. Er blickte zum Fenster hinaus, sah das Pentagramm, das in das Glas eingelassen war, schwach schimmern. Âyí würde sich selbst beschützen können – sogar vor Traumfressern. Vermutlich besser, als Lex es jemals könnte. Das Wichtigste war es, dieses Kind – den *Anderen* – zu finden, bevor Âyí die Konsequenzen zu spüren bekam!
Er streifte ihre Finger um den Becher, fühlte die einzelnen Runzeln wie die Ringe eines Baumstamms. „Wir werden ihn finden“, versprach er.
Âyí lächelte schwach.

***

Lex blieb auf der Treppe zu seinem Stockwerk stehen. Âyí hatte ihm nicht gesagt, wer von den *Anderen* der Junge genau war. Und er hatte natürlich nicht gefragt. Er erklomm die letzten Stufen. Der Junge hätte die ganze Zeit auf dem Markt sein können, vielleicht sogar unter einem Tarnzauber verborgen. Wäre Lex nur nicht auf der Suche nach einem Menschen gewesen!
Er erstarrte beim Anblick seiner Nachbarin. Die Frau sah immer noch erschöpft aus, glich aber nicht mehr dem Gespenst, das er vor zwei Tagen gesehen hatte. Sie schloss

ihr Apartment ab und strich ihr Kleid glatt. Lex wich ihrem durchdringenden Blick aus. Die Illusion mit der Ratte war ein mieser Trick gewesen. Es war ein Wunder, dass sie den Traumfresser so lange überlebt hatte. Ein weiteres Wunder war, dass der Traumfresser Lex als nächstes gefunden hatte, statt wochenlang die anderen Hausbewohner zu terrorisieren oder zu ermorden. Lex schloss endlich seine Tür auf.

Die Frau hinter ihm räusperte sich. „Vorhin war das komische Mädchen da. Mit den blauen Haaren …"

Lex ließ seine Hand sinken. Kel? Kel war hier gewesen? Was hatte sie bei ihm gewollt? Er drehte sich bereits um, um der Meerjungfrau nachzujagen. „Wie lange ist es her?", brachte er endlich heraus. Aber die Nachbarin war längst gegangen.

Vielleicht wollte Kel nur weitere Verwandlungszauber. Vielleicht auch etwas anderes … Aber was? Ihn wiedersehen? Eine Wiederholung ihrer gemeinsamen Nacht? War es nicht gleich? Er würde sie nicht wiedersehen. Sie würde vielleicht noch heute Hongkong verlassen. Spätestens morgen … Er hatte wichtigere Dinge zu tun.

Lex räumte den Tisch leer, wischte sorgfältig den Staub weg, bis die Holzoberfläche matt glänzte. Mit Hilfe eines Smaragds zauberte er die Makel aus dem Holz. Der Beschwörungskreis war nur unwesentlich größer als das Pentagramm auf dem Futter seiner Jacke, aber er musste perfekt sein. Die Nachwelt der *Anderen* war strenger als die der menschlichen Ahnen, eher versucht, die Suche zu verweigern oder den Beschwörer in die Irre zu führen. Sie waren Menschen nichts schuldig.

Lex setzte das letzte Zeichen, zauberte den überflüssigen Kreidestaub weg. Er zündete ein Streichholz an und hielt es an die Räucherstäbchen, als es an der Tür klingelte. Lex blies das Streichholz wieder aus. Wer konnte das sein?

Mawu sprang schwerfällig vom Bett und beschnüffelte die Luft. Er schien keine Gefahr zu wittern und Lex' Herzschlag beschleunigte sich bei dem Gedanken, es könnte Kel sein. Wollte er sie sehen? Oder lieber nicht? Lex war schon an der Tür und schloss sie auf.

Es war nicht Kel. Die drei Männer in schwarzen Anzügen blickten ihn durch ihre Sonnenbrillen an. Lex sah sich in sechsfacher Ausführung zurückblicken. Der Mittlere lächelte und nahm die Sonnenbrille ab. Wie aufs Kommando taten es ihm seine Begleiter nach.

„Mr Foster!“, grüßte der lächelnde Mann. „Welch unerwartete Ehre, Sie gestern in meinem bescheidenen Etablissement gesehen zu haben. Ganz Hongkong spricht davon!“

Lex brauchte nicht zu fragen, welches ‚Etablissement‘ gemeint war. Die beiden anderen Männer waren die Wächter aus den Lagerhallen, die die Tür zum VIP-Bereich bewacht hatten. Der Sprecher konnte demnach nur der Besitzer sein. „Und Sie sind …?“

Der Mann lächelte noch breiter. „Nennen Sie mich bitte Ling.“

„Was wollen Sie von mir, Mr Ling?“ Lex strich über den Verband an seinem Unterarm.

Das Lächeln wurde eisig. Der Mann gab seinen Begleitern ein Zeichen und diese knöpften ihre Anzüge auf, zeigten Lex Halfter mit Pistolen. „Dürfen wir reinkommen?"
Lex hätte am liebsten mit den Augen gerollt. Hatten die Typen die Szene in einem billigen Gangsterfilm gesehen und dann einstudiert? Irgendwo auf dem Flur ging eine Tür auf. Wie lächerlich Lex die Männer auch fand, Menschen könnten in Gefahr sein. Also trat er zur Seite, um den Pseudo-Mafioso hereinzulassen.
Mr Ling sah sich ungeniert in der Wohnung um, machte dabei einen Bogen um den Tisch mit der Beschwörung. Die Kater beobachteten aufmerksam seine Bewegungen. Also doch kein lächerlicher Gangster … Lex wünschte, einer der Jungs könnte ihm verraten, was sie spürten und sahen – was sie in Alarmbereitschaft hielt. Er selbst fand den Mann immer noch bemerkenswert bedeutungslos.
„Kennen Sie sich mit Flüchen aus, Mr Foster?" Mr Ling fuhr mit den Fingern am Türrahmen einen Kratzer nach, den der Traumfresser hinterlassen hatte. Wusste er, was den Kratzer verursacht hatte? Wusste er von Lex' Fluch? Sein Gesicht war unlesbar, als er Lex erwartungsvoll ansah.
„Nur theoretisch", log Lex.
Etwas flackerte im Gesicht des Mannes auf. Enttäuschung?
„Sie können also keinen Fluch brechen?"
Lex studierte den Mann. Er konnte nur zwei Dinge aus dessen Aura lesen: Mr Ling war ein Mensch und er war nicht verflucht. „Nur derjenige, der den Fluch ausspricht, kann diesen brechen." Lex unterdrückte das Verlangen, die Siegel zu berühren. „Entweder durch Vergebung oder durch den eigenen Tod."

Mr Ling machte einen weiteren Kreis um den Tisch. „Oder wenn derjenige getötet wird?“, fragte er beiläufig.
„Das …“ Lex sah zu den Jungs, die sich aufgesetzt hatten. „Das ist komplizierter. Wer einen Elementar oder eine Hexe umbringt, verflucht sich selbst.“ Das war die einfachste Erklärung. Eine, die jemand wie Mr Ling verstehen würde. In Wirklichkeit könnte das verursachte Unrecht die Balance zwischen dem Zauberer und der Magie prekär kippen. Man konnte nicht ein ganzes Leben nehmen, ohne dafür sein eigenes zu opfern. Im besten Fall griff der Equalizer ein und brachte den Mörder ebenfalls um. Im schlimmsten Fall wurde man innerlich ausgehöhlt und verzehrt, bis der Preis beglichen worden war. Negativ und positiv, Materie und Antimaterie – das Universum erzwang immer ein Gleichgewicht.
„Natürlich gibt es da eine Ausnahme?“, hakte Mr Ling nach.
Lex knirschte mit den Zähnen. Die Gleichgültigkeit in Lings Stimme bedeutete, dass er die Antwort bereits kannte. Wer war dieser Mann? „Natürlich gibt es eine Ausnahme“, gab Lex zu.
Mr Ling nickte. „Wenn derjenige, der die Hexe tötet, viel, viel stärker ist und den Schaden somit ertragen kann.“
Hexe? Mr Ling sprach von einer tatsächlichen Person. Lex ahnte, in welche Richtung das Gespräch gehen würde.
„Glauben Sie an Schicksal, Mr Foster? Ich persönlich verabscheue das Konzept. Denn wo wären wir ohne freien Willen? Ohne eine Chance, den Göttern zu entkommen?“ Mr Ling holte ein Taschentuch hervor und tupfte sich das Gesicht ab. „Als ich gestern jedoch gesehen habe, dass

ausgerechnet Sie meinen Markt besuchen wollten, war ich gewillt, an Zeichen und Schicksal zu glauben. Sie sind sehr stark, Mr Foster, nicht wahr?“

Lex schüttelte den Kopf. „Bin ich nicht …“ War er nicht. Nicht mit dem Fluch in seinem Körper.

Mr Ling zog eine Augenbraue hoch. „Nein? Aber doch stärker als die meisten? ‚Dämonenjäger‘! ‚Feuerelementar‘! Sind Sie nicht sogar der einzige auf der Welt?“

„Um wen geht es?“, unterbrach Lex die furchtbare Aufzählung. Er war schon lange nichts mehr davon.

„May Yu.“

„Unmöglich!“ May würde nie irgendwelche Menschen verfluchen. Nicht grundlos. *Aber sie hat dich verflucht*, flüsterte eine verräterische, kleine Stimme in seinem Hinterkopf. *Aber ich habe es verdient* … Hatte er das? Hatte er es wirklich verdient, den Betrug mit seinem Leben zu bezahlen? Menschen gingen jeden Tag fremd. Jemanden lebendig verbrennen zu lassen, war eine barbarische Strafe dafür.

„Es wird sehr wohl möglich sein, diese Hexe umzubringen“, riss Mr Ling ihn aus seinen Gedanken. „Ein Kinderspiel für jemanden wie Sie. So macht man es in Europa, nicht wahr? Hexen mit Feuer töten?“

„Ich mache das nicht!“

Mr Ling schnalzte mit der Zunge und studierte Lex’ Gesicht. „Warum nicht?“, fragte er dann mit einem Lächeln. „Ich werde Sie reich entlohnen. Geld, Diamanten, seltene Substanzen – alles, was Sie wollen. Und ich meine wirklich alles, Mr Foster. Sogar Meerjungfrauen mit gefärbten Haaren …“ Mr Lings Lächeln schob sich in die Breite, als wäre er ein Gestaltwandler.

Lex' Handflächen brannten. Das Feuer suchte einen Weg, um dieses ekelhafte Grinsen wegzubrennen. Um den ganzen Menschen und mit ihm zusammen das Wissen um Kel niederzubrennen! „Sie können Ihre Meerjungfrauen gerne behalten. Ich bin nicht mächtig genug, um May oder sonst jemanden umzubringen."

Mr Ling kam in kleinen Schritten auf Lex zu. Die Kater grollten vom Bett und Lex machte sich für einen Angriff bereit.

„Ist es Ihnen wirklich egal, was mit dem armen *Mädchen* passiert?", zischte Mr Ling. „Oder war sie nicht gut genug? Oder …" Er griff an Lex' Hals und holte mit einem Ruck die Kette mit dem Kristall heraus. „Oder ist der Fisch bedeutungslos, weil Sie bereits bekommen haben, was Sie wollten?"

Lex schlug seine Hand weg. „Das reicht!" Er schob den Kristall wieder unters T-Shirt. Die Kater sprangen vom Bett und flankierten ihn knurrend. „Raus hier!", befahl er.

Mr Ling gab seinen Handlangern ein Zeichen und diese zückten ihre Waffen.

Lex schnaubte. „Sofort raus hier oder ich werde euch alle verbrennen!"

„Das glaube ich kaum." Mr Ling richtete auch eine Pistole auf ihn. Bevor er abdrücken konnte, hatte sich Mawu in seinem Unterarm festgebissen. Mr Ling schrie auf und starrte panisch auf das Blut, das auf den Boden tropfte, ohne dass er einen Angreifer sehen konnte. Die Waffe polterte zu Boden.

Lex gab zuerst Mawu und dann Liz eine sichtbare Hülle. Mr Lings Kreischen erstarb. Die anderen Männer traten

fluchend zurück zur Wohnungstür. Ihre Waffen waren auf Liz gerichtet, der sie schwanzpeitschend anknurrte.
„Raus hier", wiederholte Lex. „Bevor ich Sie wirklich mit einem Fluch belege!"
Mr Ling stolperte rückwärts, hinterließ dabei eine Spur aus Blut. „Das wirst du bereuen!", spuckte er aus. „Dafür wirst du auf jeden Fall bezahlen!"

Die drei Männer polterten fluchend die Treppen hinunter. Lex folgte ihnen auf den Flur, um sicherzugehen, dass sie niemanden in ihrer Wut verletzten. Neben der Wohnungstür fand er dann das Paket von Jian. Hatte er das Klingeln nicht gehört?
Auf dem Paket stand keine Adresse. Lex überprüfte sorgfältig jeden einzelnen Traumfänger, um nicht darüber nachzudenken, dass Jian hier gewesen war. Nur eine Tür von ihm entfernt … Lex schob Liz zur Seite, der das Blut des Mafioso aufleckte, und legte einen der größeren Traumfänger unter sein Bett. Ein Teil von ihm war enttäuscht, sogar verletzt, weil Jian nicht geklingelt hatte. Der Rest von ihm war erleichtert. So musste er nicht Jians Gesichtsausdruck sehen, wenn er Lex' Form mit dem Wissen, was die Verwandlung verursacht haben musste, sah. Und sie mussten nicht von Angesicht zu Angesicht reden, wenn ein Telefongespräch schon schwer genug war. Jian hatte vermutlich genau das Gleiche gedacht.
Unter dem letzten Traumfänger fand Lex eine Notiz. *Ich verlasse morgen die Insel. Die Traumfresser sind überall. Die Anderen sind fast alle weg. Irgendetwas ist im Gange. Bring dich und Âyí in Sicherheit.*

Lex las mehrere Male die Zeilen und konnte das eiskalte Prickeln der Furcht, das seine Wirbelsäule entlang kroch, nicht aufhalten. Wo kamen die Traumfresser her? Hatte sie irgendjemand eingeschleppt? Zumindest war es kein gezielter Angriff auf Lex gewesen, so viel war sicher. Was war dann im Gange?

Die letzten Tage waren die reinste Achterbahnfahrt gewesen. Es war ein Wunder, dass er noch lebte. Der Auftrag, Kel, Mr Ling und der Traumfresser – es erinnerte ihn fast an früher, an sein Leben vor Mays Fluch. Damals war es genauso chaotisch gewesen. Was übersah er diesmal, das Jian dazu gebracht hatte, Hongkong zu verlassen?

Nachts hörte Lex Schreie im Haus. Poltern, als würde jemand Möbel umwerfen. Vielleicht nur ein Streit. Die Kater saßen mit aufgerichteten Ohren auf dem Bett und schnatterten. Vielleicht auch ein Traumfresser … Liz richtete seine Augen auf Lex, maunzte fragend. Er hätte sonst darüber gelacht, dass die raubtiergroßen Geister wie Hauskätzchen miauten, wäre da nicht die Möglichkeit, dass ein Traumfresser durch das Haus wanderte.

„Geht schon“, flüsterte er. Die Kater stoben davon, verschwanden in der Dunkelheit. Lex zog sich das Laken bis unters Kinn. Es war Sommer, aber er fror. Wünschte sich die Kater zurück.

Das Licht der Nachtischlampe flackerte auf und ab. Verlosch und ging wieder an. Der Kühlschrank ging im gleichen Takt an und aus. Der Traumfresser war ganz nah.

Lex setzte sich auf, lehnte sich mit dem Rücken gegen die Wand. Er hatte nicht geschlafen, nicht geträumt, redete er sich zu. Das Monster hatte keinen Grund, zu ihm zu kommen. Der Traumfänger am Küchenfenster knarzte und das Herzsiegel flammte auf. Seine Angst war unbegründet – Jian war der Beste, wenn es um Abwehr von Dämonen ging. Lex wünschte sich trotzdem wieder, er wäre nicht alleine. Wenn er Kel nicht verpasst hätte … Wenn er Kel nicht verpasst hätte, hätte er niemals die Tür für den seltsamen Mr Ling geöffnet. Jians Nachricht wäre ihm dann nicht so nahe gegangen. Er könnte jetzt an etwas anderes denken, als an seine kindische Angst vor einem Monster unter dem Bett.

Warum war sie überhaupt zu ihm gekommen? Mr Lings Drohung klang in seinen Gedanken nach. Jetzt in der Dunkelheit klang sie weniger lächerlich als Stunden zuvor. Die Banshees würden die Meerjungfrau bis zu ihrer Abreise beschützen, oder? Lex massierte die Haut über dem überhitzten Siegel. Er sollte etwas von Kels Blut nehmen. Aber er würde jetzt unmöglich aufstehen, um in die finstere Küche zu gehen.

Draußen schrie eine Frau auf. Das hämmernde Klackern ihrer Absätze hallte die Straße entlang. Was für eine Nacht!

15

Lex wachte schweißgebadet auf. Die Kater waren zurück. Nur unwesentlich größer, aber dafür viel wärmer, lagen sie auf ihm. Er kämpfte sich unter den riesigen Pranken hervor und setzte sich auf. Zwei Meter weiter starrten ihn die leeren Augenhöhlen eines Traumfressers an. Der Feuerball, der aus dem Siegel explodierte, versengte Lex das Gesicht. Liz murrte fragend hinter ihm und Lex' Herz schlug langsamer. Der Traumfresser war tot. Nur dessen Kopf und Teile des Torsos lagen auf dem Esstisch.

„So eine Scheiße …" Lex wischte sich den Schweiß aus dem Gesicht und schubste Mawu an der Schulter. „Musste das sein? Auf dem Tisch?!"

Der Kater erhob sich schwerfällig und streckte sich – mit seinem Hinterteil in Lex' Richtung. Dann sprang er vom Bett und zog den Kadaver vom Tisch. Lex presste sich die Hand gegen Nase und Mund, als dieser mit dumpfem Knall landete und schwarzer Staub aufstieg. Mawu schleifte den Traumfresser zum Badezimmer. Lex schluckte gegen den Würgereiz an, als das Knacken von Knochen und Schmatzen erklang.

Der Beschwörungskreis auf der Tischplatte war jetzt verwischt. Weißer Kreidestaub und die schwarzen Partikel des Traumfressers tanzten in den Sonnenstrahlen. Lex holte aus der Küche einen nassen Lappen, um von vorne anzufangen. Das Türklingeln ließ ihn in der Wischbewegung innehalten. Wer war es *diesmal*? Kel? Er lächelte über seine eigene Dummheit. Viel wahrscheinlicher war es, dass Mr Ling mit Verstärkung zurückgekehrt war.

Es klingelte erneut. Das Geräusch kam ihm dringlicher und bedrohlicher vor. Lex näherte sich langsam der Tür. Er rieb mit seiner Handfläche über das Holz und opferte einen Stein, um hindurch sehen zu können.
Zwei Personen standen draußen – eine Frau und ein Mann. Sie schienen ihn direkt anzusehen. Dann lächelten die beiden kaum merklich und verneigten sich. Als sie sich wieder aufrichteten, flimmerte die Luft um sie und der Tarnzauber, mit dem sie sich menschliche Gestalten gegeben hatten, fiel ab. Lex beeilte sich, die Tür zu öffnen.
„Lex Foster?", fragte der weibliche Fuchsgeist nach.
Lex nickte und fiel hart auf die Knie, um sich zu verneigen. Sein Herz schlug wieder zu schnell. Die Fuchsgeister zogen an ihm vorbei, der Pelzsaum an dem Kimono der Füchsin streifte seidig sein Haar und schickte eine Welle statischer Ladungen über seinen Körper. Lex wurde deutlich, in welchem Zustand er sich befand. Er war verschwitzt, mit Brandwunden und Blut überzogen und hatte einen Putzlappen in der Hand, während einer seiner Schutzgeister gerade einen Traumfresserkadaver im Badezimmer fraß. Die Füchsin räusperte sich und Lex erhob sich schnell, warf den Lappen auf die Kommode und wischte sich die Hände an seiner Hose ab. Wenigstens war er nicht nackt!
„Was …? Wie kann ich Ihnen helfen?"
„Wir suchen unseren Sohn", sagte der Fuchs.
„Ich bin kein Sucher", antwortete Lex schnell. Denn auch wenn er Âyí bei der Suche nach dem Jungen half, war das Aufspüren anderer nicht seine Spezialität.
„Er verschwand in der Nacht, als eine Fähre in der Bucht gebrannt hat", sprach der Fuchs ungerührt zu Ende.

Lex hielt das Feuer mühsam zurück. Es waren die Eltern des Jungen! Kein Wunder, dass Âyí solche Angst davor hatte, zu versagen. Die magische Welt hatte nur lose Hierarchien, aber alle erkannten so mächtige Wesen wie Fuchsgeister als höchsten Adel an. Lex atmete die Worte praktisch aus: „Was soll ich tun?"
Die Fuchsgeister tauschten einen Blick aus. „Die Stadt ist nicht mehr sicher", sagte die Füchsin. Sie blickte zu Mawu, der endlich aus dem Badezimmer herauskam und sich demonstrativ zu putzen begann. „Besonders nicht für uns. Wir reisen ab …"
„Wir wissen, dass er noch am Leben ist." Der Fuchs sah Lex bedeutungsvoll an, als müsste Lex das auch wissen. „Alle Sucher haben die Insel verlassen. Sie sollen ihn daher finden und sicher aufs Festland geleiten."
„Natürlich." Lex verneigte sich leicht. War das nicht schon die ganze Zeit sein Auftrag gewesen? „Was ist mit Âyí?"
„Âyí?", fragte der Fuchs nach.
„Aber … Wer hat Sie dann zu mir geschickt?"
„Die Banshees."
Diese Antwort hätte Lex niemals erwartet. Seit wann mischten sich die Banshees ein?
Der Tarnzauber stieg in einem Nebel um die Fuchsgeister auf und überzog ihre Köpfe und Kleidung mit dem Trugbild einer menschlichen Form. Lex brachte noch eine Verneigung zustande, bevor beide lautlos das Apartment verließen. *Ist eine Meerjungfrau bei ihnen gewesen?* Die Frage verklebte ihm den Mund.

Lex wischte den Tisch mehrmals sauber, bis das letzte Körnchen Kreide weg war. Seine Gedanken, ein Schwarm Vögel, kreisten umher und verbanden sich zu immer neuen Formationen.
Er hatte die ganze Zeit nach einem Fuchsgeist gesucht, aber nie eine Spur von diesem gefunden. Warum? Weil er verborgen gewesen war? Weil die Ahnen nur nach Menschen suchten? Aber selbst wenn Magie fehlschlug, sie log nie. Genauso wie bei dem Vertrag mit Kel. Und hatte sie nicht einen Fuchs erwähnt? *Vor ein paar Tagen hatten sie einen Fuchs dabei.* War der Junge in seiner Fuchsgestalt gewesen? Hatte die Magie ihn deswegen nicht erkannt? Aber wo war er?
Kel und Kaika hatten auf den Hafen hingewiesen – dort lag auch der seltsame Markt von Mr Ling. Alles schien plötzlich auf den Markt am Hafen hinzudeuten. Der Kappa, der über die Abwesenheit von Leichen lamentierte, die Meerjungfrauengeister, die vom Hafen herkamen … Und natürlich Kel selbst: Eine Meerjungfrau an Land, die die Gesellschaft von Banshees bevorzugte.
Lex kontrollierte die Linien des neuen Beschwörungskreises. Alles war perfekt. Er berührte die Siegel. Er selbst war es aber nicht mit den Verletzungen. Das letzte Mal, als er die Nachwelt der *Anderen* befragt hatte, lag über ein Jahr zurück. Er sollte keine Risiken eingehen.
Lex trank daher mehrere Schlucke von Kels gelöstem Blut und schwenkte den Inhalt in der Flasche herum. Die Nadel klackerte leicht gegen das Plastik, während er darauf wartete, dass sein Körper heilte. Dieses Wasser hätte für

Wochen reichen sollen. Aber er hatte dabei nicht mit Traumfressern und seltsamen Besuchern gerechnet.

Diesmal war das Flüstern der anderen Welt mit Gesang und Kreischen unterlegt. Lex konzentrierte sich auf die Wörter, um wenigstens eines zu verstehen, aber sie entglitten ihm, als weigerten sie sich, von menschlichen Ohren aufgenommen zu werden. Der Rauch hatte sich um den Ring des Jungen geknotet und stieg zur Decke auf. Der Rauchfaden zitterte kurz, bevor er aus dem Beschwörungskreis ausbrach. Lex blickte ihm erstarrt hinterher. Es hatte funktioniert!

Er zog sich fluchend an. Der Rauch spannte sich, als Lex den Ring aus dem Kreis nahm und zur Tür lief. Er hatte den Besitzer des Ringes gefunden. Es war auf einmal so einfach gewesen. Zu einfach?

Lex griff nach der Türklinke und Liz versperrte ihm den Weg. Seine Augen und sein Fell leuchteten auf. Mawu kam auch in den Flur geschlittert und presste sich hart gegen Lex' Beine.

„Was …?“ Lex griff nach Mawus Kopf, spürte die Magie rucken und wie bei einem umgekehrten Astralsprung in den Boden schießen.

Das Haus erzitterte. Lex spürte die Vibrationen in dem Metall der Türklinke. Es gab ein neues Erdbeben. Die Schreie und der Krach, als Autos ineinander fuhren, hörten sich an, als kämen sie aus seinen Erinnerungen.

16

Lex hielt den Atem an. Mawus Gestalt schrumpfte unter seiner Hand, bis seine Fingerspitzen gerade noch dessen Fell streiften. Die Angst stieg heiß Lex' Haut hoch. Er konnte nur abwarten und hoffen, dass der Schutzzauber und das Gebäude hielten. Diesmal kündigte keine Stille das Ende des Erdbebens an. Erst als die Kater zur Seite traten, wusste er, dass die Gefahr vorüber war. Er ging trotzdem nicht sofort hinaus. Der Lärm, der von der Straße hereindrang, schien aus einem Alptraum zu kommen. Lex hatte Angst vor dem, was ihn auf der Straße erwartete.

Das Treppenhaus war ungewohnt voll. Manche Nachbarn unterhielten sich, einige liefen mit Handys und Taschen nach draußen. Aber niemand war verletzt oder außer sich vor Panik. Lex beschleunigte seine Schritte.

Er blieb stehen, sobald er auf die Straße trat. Der Geruch von verbranntem Gummi und Staub lag schwer in der Luft. Die Schreie der Menschen ließen ihn zusammenfahren. Kein einziges Gebäude in der Straße war unversehrt. An einem war die Vorderfront fast ganz weggebrochen. Er blickte starr auf die staubbedeckten Gestalten, die sich wie in einem überdimensionalem Puppenhaus durch die Räume bewegten, die Gesichter gestreift, wo Tränen den Staub zerfressen hatten. Ein Kinderbettchen hing schief aus einem Stockwerk heraus, ein Stofftier steckte zwischen dessen Gitterstäben.

Lex schloss die Augen, wandte sich ab, bevor er dem Reflex nachgab und hinunter in die Trümmer sah. Auf das, was sich dort möglicherweise befand. Er erblickte dafür eine Blutlache neben sich, eine Blutspur, die die Straße hinunterführte … Lex drehte sich zu seinem Wohnhaus, bereit, ähnliche Dinge zu sehen. Es war heil. Nur ein einziger Riss kroch an der Fassade hoch. Er sah nach oben, an den Gesichtern seiner Nachbarn vorbei. Er begegnete dem Blick eines alten Mannes, der vier Stockwerke über ihm wohnte. Was auch immer der Mann in Lex' Gesicht gelesen haben mochte, er nickte ihm zu und sah mit versteinertem Gesicht auf die Stadt hinaus.

Die Luft vibrierte vor Schreien, während Lex Richtung Hafen rannte, dem Rauchfaden hinterher. Er blieb an einer Kreuzung mit zwei ineinander verkeilten Autos stehen und versuchte Âyí zu erreichen. Kein Empfang. Und in dem kurzen Augenblick, in dem er stillstand, verstand er, warum die Schreie nie abbrachen – die Banshees schrien. Das Kreischen kam aus allen Richtungen, als gäbe es Tausende von ihnen in Hongkong. Als würden Tausende von Menschen sterben …

Lex wählte erneut Âyís Nummer, auch wenn es vergeblich war. Er lief weiter und ignorierte den Rauchfaden, der ihn in die entgegengesetzte Richtung zum Fuchs zog.

Der Platz war leer. Âyís Stand lag auf dem Boden, eine Seite verbogen und geschwärzt, der Propangaskanister zerrissen. Lex näherte sich vorsichtig. Sein Feuer schoss zum Siegel hoch, als er die Blutspritzer zwischen dem verstreutem Essen sah.

„Âyí?“ Seine Stimme war zu leise, zu rau, reichte kaum über den Platz. Ein rötliches Schwirren schoss auf ihn zu.

Liz rieb seinen Kopf an Lex' Bein und murrte grüßend. Mawu, so viel kleiner im Vergleich, tat es ihm nach. Lex atmete etwas leichter. Liz beschnüffelte den Boden, das Blut daran und den explodierten Stand, bevor er mit hoch erhobenem Schwanz davontrabte.

Sie liefen weg vom Hafen, der Rauchfaden spannte sich, dem Zerreißen gefährlich nah. Was sollte Lex tun? Weiter nach der alten Frau suchen, die offensichtlich verletzt war, oder am Auftrag festhalten?

„Lex!", drang es durch das Kreischen der Banshees hindurch. Er sah sich suchend um und sah Âyí am Straßenrand sitzen. Ein Mann war bei ihr und kümmerte sich um ihr Bein.

„Âyí!" Lex packte die Schulter des Mannes, um ihn zur Seite schieben, erstarrte dann in der Bewegung. „Michael?"

Michael seufzte bei seinem Anblick und rutschte zur Seite. „Wer hätte gedacht, dass bei unserem Wiedersehen die Welt untergeht, hm?"

Lex sah sich schnaubend Âyís Wunde an. Es *sah* nach Weltuntergang aus, aber es war nur ein Erdbeben. „Sei nicht so dramatisch."

„Lex?" Âyí schob seine Hände weg, als er den zerrissenen Stoff um ihre Wunde vorsichtig anhob. „Was ist das? Ist das …" Sie zeigte auf den Rauchfaden, ihre Lippen zitterten.

„Ja. Ich habe ihn gefunden."

Âyí versuchte sofort aufzustehen, Michael half ihr auch noch hoch! Lex hielt sie auf. Er hatte Âyís Verletzung gesehen und es sah nicht gut aus. „Was soll das?", zischte er. „Sie muss zum Krankenhaus!"

„Nein!“, widersprach Âyí. „Wir müssen ihn sofort finden.“

„Wir müssen sofort zum Krankenhaus!“ Lex erhob sich und sah sich um. In diesem Chaos würden sie vermutlich kein Taxi finden.

„Lex, warte.“ Âyí griff nach seinem Arm und Lex stützte sie sofort, spürte ihr Zittern. „Wir müssen zuerst den Jungen finden. Sonst hört es nicht auf!“

„Was?“ Lex blickte auf sein Handy. Immer noch kein Empfang. „Was hört nicht auf?“ Âyí schwieg. Er blickte auf ihr Gesicht hinab, sah ihre Tränen und etwas in seinem Bauch verdrehte sich schmerzhaft.

„Das Erdbeben“, antwortete Michael.

Âyí machte eine wütende Handbewegung und holte tief Luft. „Die Insel wird zerstört. Alle Menschen werden sterben …“

Wovon sprach sie? War es ein Trauma? Hatte sie eine Panikattacke? Er sah zu Michael, wollte ihn bitten, nach einem Taxi Ausschau zu halten – irgendeiner Möglichkeit, Âyí zum Krankenhaus zu bringen. Der Ausdruck in Michaels Gesicht war schwer zu lesen. Er schien weder Lex’ Reaktion noch Verhalten zu begreifen.

„Bitte!“ Âyí klammerte sich an Lex’ Hand, mit der er den Ring mit der immer blasser werdenden Verbindung hielt. Sie hatten nicht mehr viel Zeit, bevor sie ganz erlöschen würde. „Zuerst den Jungen!“

Lex studierte Âyís schmerzverzerrtes Gesicht, die tränennasse Hoffnung und knirschte mit den Zähnen. „Liz!“, befahl er.

Der Kater lehnte sich gegen Âyís Hüfte. Sie lächelte zittrig, ihre Tränen tropften von ihrem Kinn auf den weißen Kater

hinab. Lex blickte weg, wartete, dass der Geist ihre Schmerzen auf sich nahm und Âyís Verletzung erträglicher machte. Er begegnete wieder Michaels spekulativem Blick.
„Wir müssen gleich schnell sein."
Michael nickte zu der kaum sichtbaren Verbindung. „Geh! Wir kommen nach."

17

Mawu lief ihm lautlos hinterher, während Lex der Spur folgte. Seine Beine führten ihn wie von selbst zum Hafen. Er sah sich um, aber die Promenade war wie ausgestorben. Nicht einmal die Banshees waren da. Das Tor zur Baustelle stand offen und Lex trat zögernd hindurch. Er konnte nichts im Wasser erkennen. War Kel tatsächlich weg? Weitergereist? Oder zumindest weg von der Insel? Er erinnerte sich an ihre Angst nach dem Erdbeben. Wie schlimm musste es ihr jetzt gehen?

Er warf einen Blick zu den Lagerhallen – die Spur führte eindeutig dorthin – und lief zum Wasser. Zu der Stelle, an der er Kel das letzte Mal gesehen hatte. Nur eine Plastiktüte bewegte sich über die Wasseroberfläche. Kel war wirklich weg. Seine Siegel pulsierten in unerwartetem Schmerz.

Etwas flatterte weiß über den aufgeschütteten Steinen auf, faltete sich wie ein Segel auseinander. Kels Kleid … Zwischen den Steinen lagen ihre anderen Sachen. Ein Schuh, verstreute Geldscheine – alles mit Wasser vollgesogen. Etwas blitzte golden auf. Halb unter angeschwemmtem Sand verborgen lag ein Feuerzeug. *Sein* Feuerzeug. Lex drehte sich um und lief zurück.

Liz führte Âyí und Michael gerade um die Ecke. Lex stützte Âyí von der anderen Seite, als Michael sie vorsichtig losließ.

„Hier trennen sich unsere Wege."

Âyí tätschelte Michaels Arm. „Wir danken für deine Hilfe", antwortete sie schwach.

Michael zuckte mit den Schultern und nickte Lex zu. „Ich lasse ein Boot da. Mehr darf ich nicht tun."

„Natürlich."
Lex hörte dem seltsamen Austausch zu, während der Faden immer weiter schwand. Ohne weitere Abschiedsworte, lief Michael auf der leeren Promenade davon.
„Wir sollten auch weg", beharrte Lex und wie zur Unterstützung seiner Worte erzitterte die Erde erneut. „Du musst ins Krankenhaus. Auf dem Festland!"
Âyí zerrte ihn zu den Lagerhallen. „Wenn wir den Jungen nicht finden, hört das nie auf, verstehst du das nicht? Er muss das beenden!"
Nein, Lex verstand gar nichts. Aber er ließ sich mitziehen, denn Âyís Panik floss langsam auf ihn über, kratzte eisig seine Wirbelsäule entlang.
Er führte Âyí zu dem Snackautomaten. Er hatte keinen weiteren Schein und somit keine Ahnung, wie er sie in das Innere bringen sollte. Seine Angst war unbegründet. Der Automat lehnte schräg an der Wand. Seine Rückseite war geschwärzt, als wäre etwas dahinter explodiert. Âyí zögerte, bevor sie den verrußten Gang betrat.
Das Pentagramm flackerte wie ein Flipperautomat in allen Farben des Regenbogens auf, als sie gemeinsam die Lagerhalle betraten. Es standen diesmal jedoch keine Wachen da, um sie aufzuhalten. Wären nicht das Pentagramm und die leeren Stände, hätte Lex geglaubt, sich im Ort geirrt zu haben. Nichts deutete auf den regen Betrieb vom letzten Mal hin. Der Boden und die Stände waren mit einer dicken Schicht aus Staub und Sand überzogen, die winzigen Fenster unter der Decke grau vor Vogeldreck. Aber der Faden führte eindeutig hierher, spannte sich bis zu den Türen an der Rückseite, die auch unbewacht waren.

Âyí sah sich mit angehaltenem Atem um, bevor sie näher an Lex rückte. „Was ist das für ein Ort?“

„Ein illegaler Markt.“

„Du warst schon mal hier!“

Der Horror und die Verachtung in Âyís Stimme taten weh. Lex führte sie schnell nach hinten. „Nicht zum Handeln! Ich habe nach dem Jungen gesucht …“

Âyí schwieg, wischte sich immer wieder übers Gesicht. Die Erde vibrierte unter ihren Füßen, schien zu kippen.

Sie mussten die Insel verlassen. Oder zumindest das Gebäude, bevor es über ihnen zusammenbrach. Aber Lex bekam keine Chance, Âyí darauf anzusprechen, sie hatten das Pentagramm schon erreicht.

Die Kater kauerten sich auf den Boden und knurrten. Als die Türen aufschwangen, schaffte Lex es gerade noch, Âyí hinter sich zu schieben und seine Magie zu rufen. Die Kugeln flogen in einem Schwall auf sie zu, prasselten auf den Körperscanner, das Metall der Türen und der Wände. Sobald die Kugeln Lex erreichten, zersetzte der Zauber diese und überzog sie alle mit feinem Metallstaub. Wegen der offenen Tür hatte er angenommen, dass die Halle tatsächlich leer war. Er war so dumm gewesen! Natürlich musste jemand in der Halle bleiben, um den Fuchsgeist zu bewachen.

Nur Augenblicke später hörte Lex das Klicken leerer Magazine und die Flüche der Schützen. Die Kater warteten nicht auf seinen Befehl, sondern stürzten in den Raum und bissen fauchend zu.

Lex sprang über die Trümmer des Körperscanners und schlug einem der Angreifer ins Gesicht. Dessen Nase

knackte mit einem befriedigenden Geräusch und Lex trat zu. Der Mann wich aus, ging auf Abstand. Das war alles, was Lex gewollt hatte. Er zählte vier Männer.
Einer lag bereits mit zerfetztem Bein auf dem Boden, während Liz und Mawu die anderen beiden in Schach hielten. Die Männer schrien, ihre Gesichter grau und nass vor Tränen und Schweiß. Sie sahen die Kater nicht, spürten vermutlich nicht einmal deren Körper, wenn sie diese abzuwehren versuchten. Ihre weit aufgerissenen Augen waren auf Lex fixiert. Sie hatten ihn erkannt.
Lex opferte zwei Steine, um für ein paar Sekunden einen Würfel aus Vakuum entstehen zu lassen. Die Männer rissen ihre Münder auf, kratzten hilflos an ihren Hälsen. Wie in einem Stummfilm drang kein einziges Geräusch ihres Überlebenskampfs aus dem Vakuum. Lex wartete auf das Kippen in seinem Blut – in der Magie –, als die Herzen der Männer zu stottern begannen. Jeder von ihnen wurde bewusstlos. Dann löste Lex den Zauber auf. Seine eigenen Atemzüge hallten laut von den Wänden, während er seinen überschnellen Herzschlag in seinem Kopf hämmern spürte.
Âyí näherte sich ihm mit schleifenden Schritten. „Sie leben noch", murmelte sie. „Es ist alles gut …"
Lex blickte auf seine aufgerissenen, pochenden Knöchel hinab und bewegte vorsichtig die Finger. „Sie hätten uns beinahe erschossen!", krächzte er hervor. „Nichts ist gut."
Âyí hielt sich an seinem Ellenbogen fest und ihr Zittern wanderte seinen Arm hoch. „Der Faden reißt gleich. Komm."
Lex half ihr, um die bewusstlosen Männer herumzugehen. Sie waren in einer Art Vorraum mit Vitrinen und Lederses-

seln, die polierte Tische umgaben. Der Faden spannte sich bis zu einer einfachen Tür am anderen Ende des Raums. Lex betete, dass irgendwo dahinter endlich der Junge war und niemand mehr auf sie schießen würde.

Âyí machte ein seltsames Geräusch, als ob sie gleichzeitig husten und würgen müsste. „Riechst du das?“ Sie schlug sich die Hand vor den Mund, atmete dann durch ihren Ärmel hindurch.

Lex roch nichts Ungewöhnliches, bis auf Hitze, Metall und Blut …

Âyí schluchzte auf, zeigte mit zitternder Hand auf einen leeren Glaskasten. „So viele Seelen!“

Und Lex glaubte tatsächlich ein flüchtiges Glitzern und Changieren in der Luft um sie herum zu sehen. „Es ist nur Licht“, sagte er rau, aber Âyí schüttelte den Kopf. Lex zog sie weiter, denn die Schamanin nahm mehr war, als er es jemals konnte, und er verdrängte den Gedanken, dass der Raum wahrscheinlich mit ermordeten Geistern gefüllt war.

Lex bereitete sich auf einen erneuten Kugelhagel vor, als er vorsichtig die Tür öffnete. Er blickte in einen weiteren langen Gang. Das künstliche Licht wurde grell von den weißen Kacheln zurückgeworfen. Irgendwo tropfte Wasser und das Geräusch hallte mit der Gleichmäßigkeit eines Metronoms zu ihm herüber. Sogar seine Atemzüge wurden in dem seltsamen Raum verstärkt. Allein Âyís Anwesenheit erdete ihn, nahm etwas von seiner Angst weg.

Rechts von ihm stand ein großer Tisch aus Metall, wie es sie in Restaurantküchen gab, darunter stapelten sich Edelstahlbehälter und Glasschüsseln. An der Wand hingen auch entsprechende Messer. Es schien wirklich nur eine Küche zu sein, aber sein Verstand katalogisierte all die Details, die nicht dazu passten: eine Knochensäge zwischen den Messern, das kalte Glitzern eines Hakens, der an einer Kette von der Decke hinunterhing, ein Tropf und eine Beatmungsmaschine …

Irgendwo stockte das Tropfen und begann dann von Neuem. Auf dem Boden lag ein Schlauch, nachlässig hingeworfen. Der Boden glänzte nass, das Wasser staute sich noch am Abfluss. Wer auch immer den Boden abgespritzt hatte, musste in Eile gewesen sein. In rubinroten Spiralen drehte sich das übersehene Blut über die Kacheln, zog Lex' Blick zum Abflussgitter, an dem es bunt und golden glänzte. Die Fischschuppen waren zu groß, um einem Fisch zu gehören. Denn es war keine Küche. Es war ein Operationssaal … Ein Schlachthaus.

„Âyí?" Seine Stimme hallte knarzend durch den Gang. „Bleib bitte draußen." Âyí trat zurück in den Vorraum und die Tür dämpfte ihre Schluchzer.

Lex war nicht überrascht, Gitter entlang des Gangs zu sehen, die weiß gekachelte Räume abtrennten. Zellen. Sein Herz schlug schneller, überholte das Wassertropfen am Ende des Ganges. Die Zellen waren leer, unnatürlich sauber.

Trauer und Wut wechselten sich in Lex mit Erleichterung ab. Es war niemand da. Vielleicht war hier nie jemand gewesen, der sein Leben auf dem Metalltisch gelassen hatte. Er erinnerte sich an das Glitzern in dem Vorraum, glaubte immer noch, Âyís Weinen zu hören. Zu viele werden diesen Raum als Seelen verlassen haben.

Die vorletzte Zelle war weder sauber noch leer. Der kleine Fuchs presste sich zähnefletschend in eine Ecke, aber kein Geräusch verließ dessen Maul. Nicht einmal ein Fauchen.
Lex sank auf die Knie und atmete erleichtert aus. „Keine Angst“, flüsterte er. „Deine Eltern haben mich geschickt. Komm her!“ Er steckte dem Fuchs seine Hand durch das Gitter entgegen. Dieser machte sich noch kleiner und sah ihn aufmerksam an. „Komm her“, lockte Lex weiter. „Ich habe deine Eltern erst vor paar Stunden gesehen. Sie warten auf dem Festland auf dich.“
Der Fuchs rührte sich nicht. Lex sah sich nach einer Möglichkeit um, durch das Gitter zu kommen, denn die Zelle schien keine Tür zu besitzen.
„Du brauchst wirklich keine Angst zu haben.“ Lex tastete die Metallstreben ab, die seine Haut vereisten. „Ich heiße Lex Foster. Vielleicht hast du von mir gehört?“
Der Fuchs richtete tatsächlich seine Ohren auf.
„Ich bin nicht einer von *denen*. Ich bin nicht böse …“
Mit wenigen, lautlosen Sprüngen war der Fuchsjunge bei ihm und streckte seine Schnauze durch das Gitter. Lex tätschelte überrascht dessen raues, staubiges Fell. Es war schwer zu glauben, dass es ein Geist und kein Tier war. Allein die flüchtige Strahlung von Magie unter seiner Handfläche bewies, dass jemand anderes unter dem Fuchsfell steckte.
Lex rüttelte vergeblich an den Streben, um eine Öffnung oder Tür zu finden. „Wie krieg ich dich da wieder raus?“, murmelte er.
Er wollte den Ring zurück in seine Tasche stecken, um beide Hände frei zu haben. Der Faden war fast durch-

sichtig, nur gegen die weißen Kacheln sichtbar. Lex sah auf die hellgraue Linie, die einen Bogen um seinen Körper zog. Er führte nicht zum Fuchs. Lex hörte wieder das Tropfen in seinem Rücken – dort, wo der Suchzauber hinführte.

Er drehte sich um. Die Zelle, in die er sah, lag versetzt zu der mit dem Fuchs. Er hätte sie sonst niemals übersehen. In der Zelle hing ein Metallhaken, bohrte sich durch die Schwanzflosse einer Meerjungfrau. Sie hing kopfüber von diesem hinunter, wie man Fische zum Räuchern aufhängt. Die Haare waren mit Blut durchtränkt, das sich darin sammelte, bevor es tropfenweise in eine Glasschüssel fiel. Aber am Nacken waren die feuchten Haare unmissverständlich fliederfarben.

„Kel?“

18

Der Fuchs rieb seine Schnauze an seinen erstarrten Fingern und dessen Wärme holte Lex aus seinem Schock zurück. Er stopfte den Ring – *Kels Ring?* – in seine Jackentasche und zwang sich, wieder den Fuchsgeist anzusehen. Er konnte ihn nicht einfach sich selbst überlassen, auch wenn der Gedanke, dass Kel wahrscheinlich tot war, ihm die Kehle zuschnürte.

Lex ruckte mit beiden Händen an dem Gitter herum, aber das Metall gab nirgendwo nach. Er strich mit dem Daumen über die Oberfläche. War es Stahl? Eisen? Silber …

„Geh ein Stück zurück", bat er den Fuchs, der sich mit einem Fiepen hinsetzte. Der Fuchs beobachtete Lex' Hände, während durch sie das Feuer strömte und das Metall erwärmte. Es dauerte Ewigkeiten. Millimeter um Millimeter bog er die weichen Streben auseinander, bis die Öffnung groß genug schien.

Der Fuchs zwängte sich durch diese hindurch, bevor Lex ihn vor dem heißen Metall warnen konnte. Er presste sich gegen Lex' Bein, der hilflos auf ihn hinabsah.

Lex hielt seine zitternden, verbrannten Finger von dem magischen Fell weg. „Hinter der Tür wartet eine Frau", erklärte er. „Geh bitte zu ihr. Sie wird auf dich aufpassen."

Er hatte nicht erwartet, dass der Junge tatsächlich auf ihn hörte, aber der Fuchs sprang davon, duckte sich um den Tisch neben dem Eingang und sprang an der Tür hoch, bis die Klinke unter dem Gewicht seiner Pfoten nachgab.

Lex wandte sich Kel zu. Der glänzende Boden spiegelte das Blut und umgab die fast volle Schüssel mit einem roten

Heiligenschein. Er schluckte. „Kel?“ Die Meerjungfrau rührte sich nicht.

Sie konnte nicht tot sein, sagte er sich. Er war doch hier, oder? Das Universum konnte ihn nicht derart verraten haben.

Er berührte das Gitter, legte die Finger darum, um den Schmerz in seinen verbrannten Händen zu betäuben. Es war gleich, ob er das Feuer kontrolliert herausließ oder nicht, redete er sich ein. Solange es Kel nicht berührte.

Daher wehrte er sich nicht, als das Feuer durch alle Siegel brach. Er begrüßte schwermütig das Plasma, das über seine Arme floss. Wie lange war es her? Er hatte es wirklich vermisst – dieses Gefühl, vom Feuer umarmt zu werden. Was er nicht vermisst hatte, waren die Schmerzen. Sie schossen explosionsartig durch seine Arme und seine Brust, dämpften sein Feuer Er atmete in tiefen Zügen, die seine Brust unangenehm verbogen, aber es war einfach nicht genug. Vorsichtig senkte er seine Arme, schüttelte sich die Jacke von den Schultern, bevor das Leder mit seiner Haut verschmelzen konnte. Seine Unterarme waren blutig, fast schwarz. Roh. In dem Gitter klaffte inzwischen ein zischendes Loch, das groß genug für ihn war.

Lex stolperte in die Zelle hinein. Er rutschte auf dem feuchten Boden aus und stolperte gegen die Glasschüssel. Das Blut schwappte auf seine Schuhe, durchtränkte den Stoff. Er berührte Kels Schwanzflosse und der Schmerz spross über seinen Arm, trieb ihm Tränen in die Augen. So konnte er sie unmöglich herunterholen. Er kniete sich widerwillig hin und hielt seine Hände über die Schüssel. Es

war verlorenes Blut. Niemand würde es ihr je zurückgeben können. Aber es war auch geraubtes Blut …
Er versenkte seine Hände in der lauwarmen Flüssigkeit. Biss die Zähne zusammen, um seine Schreie nicht hinauszulassen, während sich das Salz in sein Fleisch fraß. Er glaubte, erneut zu verbrennen. Als er die Hände wieder hochhob, waren sie nicht geheilt – bei gestohlenem Blut auch gar nicht möglich. Aber die Schmerzen ebbten ab, waren leichter zu ertragen.
Kel schien noch mehr als sonst zu wiegen, als Lex ihren bewusstlosen Körper vom Haken hob. Sie durfte nicht tot sein!
„Kel?" Lex ließ sie vorsichtig zu Boden sinken, drehte sie um … und erstarrte. Der Schnitt an der Halsschlagader war beinahe verheilt, das Blut sickerte nur noch in einzelnen Tropfen heraus. Aber es war nicht Kel. Es war nicht einmal eine Frau. Und doch … Lex überflog den breiten Kiefer und die Stirn, die breiten Schultern und die flache Brust. Der Meermann hatte Ähnlichkeit mit Kel, wie Geschwister sie teilten.
„Wer bist du?", flüsterte Lex heiser, rüttelte an dem bewusstlosen Körper.
Der Meermann verzog das Gesicht und seine Haut überzog sich mit einer Gänsehaut. Der Impuls, sich zu verwandeln, schoss wie ein Pfeil durch Lex' Inneres. Der Meermann öffnete die Augen und auch sie erinnerten an Kel. Nein, es *waren* Kels Augen – aber das war unmöglich!
„Lex …" Die Mundwinkel des Meermannes zuckten, als versuchte er zu lächeln, bevor er zittrig aufgab. „Sie haben gesagt, dass ich dich am Ende wiedersehe …"

„Kel?“ Lex holte tief Luft. „Wer hat das gesagt? Kel? Hörst du mich?“ Er schüttelte Kel wieder, diesmal gröber als zuvor, aber ihre – *seine!* – Augen blieben geschlossen.
Das metallische Einrasten einer entsicherten Waffe hallte von den Kacheln wider. „Vergreifen wir uns am Eigentum anderer, Mr Foster?“
Lex drehte sich um, darauf bedacht, keine plötzlichen Bewegungen zu machen. Mr Ling blickte kalt von der Schüssel mit Blut zu Kel in seinen Armen und trat näher, presste den Lauf der Pistole gegen Lex' Kopf. „Aufstehen und mitkommen. Jemand braucht ihre Hilfe dringender als dieser …“ Mr Ling entblößte seine Zähne. „… dieser Fisch!“
Lex rutsche von der Waffe weg, schob Kel aus der Schusslinie. Er sollte die Jungs rufen. Vielleicht konnten sie Kel aufwecken. „Das macht mir keine Angst!“
Mr Ling schnaubte. „Wenn Sie sich die Kacheln genauer ansehen würden, hätten sie bestimmt ein angemessenes Maß an Angst.“
Lex blickte auf den Boden, bereit, die letzten Steine zu opfern, um den Mafioso mit einem Zauber bewusstlos zu schlagen. Die Kacheln waren immer noch strahlend weiß, aber unter der Glasur schimmerten winzige Gebilde, die in der Reflexion untergingen. Es waren Zeichen, Runen, die jegliche Magie neutralisierten.
„Gar nicht so dumm, hm?“ Mr Ling schlug mit der Waffe gegen Lex' Schulter. „Ich werde es nicht ein weiteres Mal sagen: aufstehen und mitkommen!“
Lex zögerte. Die Runen konnten seinem Feuer zwar nichts anhaben, aber es wäre niemals schneller als eine Kugel.

Also blieb ihm nichts anderes übrig, als Mr Ling zu gehorchen. Vorsichtig legte er Kel auf dem kalten Boden ab und ließ sich aus der Zelle schubsen. Er konnte nur hoffen, dass Mr Ling ihn an einen Ort brachte, der nicht magisch präpariert war.

Sie passierten eine weitere Tür, die sie noch tiefer ins Gebäude führte, in einen schmalen Gang hinein. Über Lex' Kopf verliefen Rohre, zogen sich die Decke entlang, um über einer zerbeulten Stahltür in der Wand zu verschwinden. Auch hier war alles mit den antimagischen Kacheln überzogen.

Mr Ling presste den Lauf seiner Waffe unter Lex' Kiefer, während er einhändig die Tür aufschloss. Das Metall schwang knarzend auf. Eisige Luft schlug ihnen entgegen. Lex wich instinktiv zurück.

„Vorsichtig!", zischte Mr Ling. „Nicht, dass mir der Finger ausrutscht."

„Was ist das?", fragte Lex unnötigerweise. Wenn der Raum mit den Zellen und dem Tisch ein Schlachthaus war, dann musste das hier der zugehörige Kühlraum sein. Er wandte den Blick ab, um nicht zu sehen, was hier aufbewahrt wurde.

„Gehen Sie einfach rein." Mr Ling klang unerwartet müde, presste die Waffe fester gegen Lex' Gesicht. „Ich habe so viel versucht: Meerjungfrauenblut, Faunfleisch, *jede* Materie … Aber nichts hat gegen den Fluch geholfen."

„Weil Sie gar nicht verflucht sind!"

„Ich?" Mr Ling ließ die Waffe sinken und schaltete das Licht ein. Die Neonröhren erwachten summend zum

Leben. „Wäre *ich* verflucht gewesen, hätte ich mich einfach umgebracht.“

Lex blickte starr auf den Boden aus vereisten Kacheln, die genauso aussahen wie die in Kels Zelle. Die Metallregale um ihn herum waren natürlich nicht leer. Galle stieg seinen Hals hoch, während er aus dem Augenwinkel die in Folie verpackten *Objekte* sah. Manche Umrisse waren unmissverständlich: ein menschlicher Fuß, das matte Schimmern von gefrorenen Meerjungfrauenflossen ... Atemwolken vernebelten ihm endlich die Sicht.

Mit jedem Schritt biss die Kälte weniger schmerzhaft in seine verbrannte Haut. Hatte er sich an die Temperatur gewöhnt? Sein Atem erschien nicht mehr weiß und Wassertropfen bedeckten die Kacheln. Nein, es wurde tatsächlich wärmer.

„Was ...?“

Sie hatten das Ende des Kühlraums erreicht, es gab keine weiteren Gänge oder Türen. Sogar die Luft roch hier warm, verbrannt. Der Geruch von Asche war Lex so vertraut wie sein eigener ... Sogar der Geruch von verkohlter Haut und verbranntem Haar hing in der Luft. Mr Ling schubste ihn in die eine dunkle Ecke. Die Wände und der Boden waren hier mit Ruß überzogen, die Neonröhre an der Decke ausgebrannt, die Plastikhalterungen schwarz und klumpig. Von der Seite erklang das Klimpern einer Kette. Lex rechnete mit einem Tier oder einem Gefangenen, aber menschliche Augen glitzerten in dem spärlichen Licht. Er öffnete den Mund, um Mr Ling deswegen zu befragen, aber die Person schüttelte heftig den Kopf, legte die rußgeschwärzten Hände zu einem Gebet zusammen. Helle Linien erschienen in dem Gesicht des Gefangenen, als dieser zu weinen begann.

Also blickte Lex weg. Das metallische Glitzern eines Tropfs fing seinen Blick, das beinahe leuchtende Rot des Bluts, das durch den dünnen Schlauch zu einem Klumpen auf dem Boden führte.

„Und?“, fragte Mr Ling. „Sie kennen sich doch mit Feuer aus. Was hat er?“

Lex schüttelte verständnislos den Kopf. „Er?“, wiederholte er. Da war niemand, oder? Er trat ungewollt näher, in die Dunkelheit, beugte sich über das schwarze Etwas auf dem Boden, in dessen Inneres der Schlauch mit dem Blut verschwand. Der Klumpen reichte ihm kaum bis zu den Knien und glich einem Ei aus Asche. Lex sah die Ränder der einzelnen Schichten, wo die Asche in sich zusammengefallen war. Von dort kam auch der Geruch nach verbranntem Fleisch.

„Mein Sohn“, sagte Mr Ling hinter ihm. „Das ist mein Sohn.“ Und als hätte er eine Beschwörung ausgesprochen, sah Lex, dass der Klumpen die Form eines zusammengerollten Kindes hatte. Eines ausgebrannten Kindes! Es konnte unmöglich noch am Leben sein.

Lex streckte seine Hand aus, strich über die warme, beinahe samtene Oberfläche und etwas im Inneren splitterte, als würde ein Ei aufplatzen. Blut und Feuer erschienen zwischen den Rissen. Lex blickte auf die leeren, blutigen Pupillen eines Kindes. Sein eigener Körper erinnerte sich an Mays Stimme, an den Schmerz nach der Verfluchung …

Lex fiel auf die Knie und rutschte aus der Sichtweite der

reglosen Augen, kämpfte das eigene Feuer nieder, das gegen die Siegel schwappte.

„Warum wird er nicht wieder gesund?“ Mr Ling stupste Lex mit dem Fuß an. „Hey, hören Sie mich? Wenn Sie kotzen müssen, dann nicht neben meinem Jungen!“

Aus der Ecke drangen erstickte Schluchzer. Mr Ling blickte dorthin, die Pistole erhoben. Lex wischte sich die Hände an seiner Jeans ab, die mit der Asche des Jungen durchtränkt zu sein schien. An den Stellen, an denen er mit seinen Knien den Ruß zur Seite geschoben hatte, waren die Kacheln gräulich und gerissen. Jede einzelne von ihnen zierte in der Mitte ein Loch, das die neutralisierenden Runen durchtrennte. Das konnte kein Zufall sein. Seine eigene Magie – sein Feuer – wusste instinktiv, was das bedeutete. Er und das ausgebrannte Kind waren hier sicher.

Lex rutschte vorsichtig weiter, tastete durch die Schicht aus Asche und fand jede einzelne Kachel um den Jungen zerbrochen. Er brauchte jetzt nur noch Mr Ling in diesen Bereich zu locken, um ihn zu überwältigen.

Mr Ling zischte etwas in die Richtung des Gefangenen und trat dann nach Lex. „Stellen Sie sich nicht so an.“ Er schnalzte mit der Zunge. „Ihr Hexen seid ganz schön jämmerlich. Kotzt und heult bei einem bisschen Blut … Und ihr seid so furchtbar leicht zu töten.“ Er kniete sich neben Lex und wedelte ihm mit dem Waffenlauf vor dem Gesicht, als wollte er ihn schelten. „Es hat nicht funktioniert. Ich hab die Hexe umgebracht, aber wie Sie sehen, hat es nichts gebracht.“

„May ist …“ Lex berührte das Herzsiegel. Sie konnte nicht tot sein. Der Fluch lag immer noch auf ihm. „May ist nicht tot.“

Mr Ling schlug zu. Der Schmerz explodierte in Lex’ Schädel. Das Feuer folgte dem Blut, brannte aus seiner Nase hinaus und sein Kinn hinab.

Mr Ling fluchte und trat zur Seite. Er zeigte auf etwas in der anderen Ecke des Raumes. „Da ist sie doch! Mausetot!“ Er ging sogar hin und trat zu.

Raschelnd brach ein dunkles Gebilde zusammen und offenbarte weiße Knochen – ein zusammengekrümmtes Skelett. Dünne, weiße Linien, die Adern eines toten Blatts, hüllten die Menschenknochen in einen knöchernen Kokon ein. Die Knochen und Adern von Flügeln. Mays Schutzgeist war ein Drache gewesen.

„Nein …“ Das konnte nicht sein. Das war nicht May! Feuer konnte ihr nichts anhaben. Das war nicht May!

Mr Ling lachte auf.

Lex schreckte plötzlich vor einem eisigen Gefühl an seiner Schulter zurück. Hände berührten ihn, eiskalte Hände. Er drehte sich um – und blickte in das geschwärzte Gesicht einer Frau. Der Ruß und die Asche bedeckten ihr ungekämmtes Haar und sogar ihre zerrissene Kleidung. Sie sah wie ein Schatten aus, der plötzlich lebendig geworden war.

Mr Ling ragte plötzlich vor Lex auf. „Was willst du? Du kleine Schlampe! Verzieh dich in deine Ecke!“ Er griff nach der Frau, riss sie an den Haaren von Lex weg. „Das ist alles deine Schuld, du hast den Fluch über ihn gebracht!“

Lex suchte nach Halt, stieß sich vom Boden hoch. Der Anblick der weißen Knochen verschwamm vor seinen

Augen. May … May war tot. Ungelenk stolperte er auf Mr Ling und die Frau zu. Sie sprach in einer fremden Sprache durch ihre Tränen hindurch, flehte den sie schlagenden Mann an.

„Vogel, Vogel!“, äffte er sie nach. „*Du* hast einen Vogel!“

Die Frau wiederholte ihre Worte und zeigte auf Lex. Mr Ling hob seinen Arm erneut, aber Lex hatte sie rechtzeitig erreicht und wehrte den Schlag ab. „Lassen Sie sie los! Draußen wartet eine Frau, eine Schamanin. Sie ist die einzige, die dem Jungen helfen kann.“

„Du lügst!“

Lex wandte sich ab. Es konnte gut sein, dass er tatsächlich log und niemand dem Kind helfen konnte. Nicht einmal Âyí und die Siegel. Es gab nur einen Weg, das herauszufinden. Lex näherte sich dem Ascheklumpen, hielt seinen Blick darauf gerichtet, um Mays Skelett nicht anzusehen. Er strich über die Oberfläche – samtig wie staubige Mottenflügel. Blut schimmerte zwischen den geschlossenen Lidern des Jungen. Wie hatte er so lange überleben können? Lebte er überhaupt noch?

Lex schob seine Finger vorsichtig unter den Ascheklumpen und hob ihn an. „Ich werde ihn jetzt nach draußen bringen.“

„Nein!“ Mr Ling schlug ihm zwischen die Schulterblätter.

Lex taumelte und trat dann aus Lings Reichweite.

„Leg ihn sofort wieder zurück!“ Mr Ling richtete die Waffe wieder auf Lex, die Mündung zitterte schwarz und kalt vor Lex’ Augen. „Du nimmst ihn mir nicht weg!“

Lex sah die Bewegung von Mr Lings Finger nicht, als dieser abdrückte. Der Rücken der Frau nahm ihm die Sicht. Er hörte nur das Klingeln der Ketten, den Schuss und wie Mr Ling scharf die Luft einsog.

19

Lex war nicht schnell genug, um einen Schutzzauber zu aktivieren, der die Frau vor dem Schuss schützen konnte. Dieses Wissen ließ sein Herz immer weiter anschwellen, bis er keine Luft mehr bekam. Sein Feuer explodierte aus dem Siegel nach draußen, versengte sein Gesicht und das Kind in seinen Armen. Durch das Feuer sah er das Loch in Mr Lings Gesicht. Eine finstere, blutige Aushöhlung. Die rauchenden Überreste der Waffe fielen auf den Boden und Mr Lings Körper schlug dumpf daneben auf, vor den Knien der schluchzenden Frau.

Das Kind rutschte durch Lex' zitternde Arme nach unten. Er fing es auf, presste die verkohlte Form an sich. Die Augen des Jungen waren wieder offen. Er blickte zu der Stelle, an der eben noch sein Vater gestanden hatte. Magie knisterte in der Luft, umhüllte die Stelle in einer Wolke. Es war für Lex nur schwer zu erfassen, dass das halbtote Kind so viel Magie in sich getragen hatte. Genug, um etwas Furchtbares zu vollbringen: *Die Kugel umzuleiten und seinen Vater umzubringen …*

Die Hülle splitterte wieder und Asche rieselte durch Lex' Finger. Die Frau zog sich an Lex hoch, berührte mit einem Finger das Gesicht des Kindes. Für einen winzigen Moment, bevor der Junge seine blutenden Lider schloss, sah er die Frau an. Seine Lippen öffneten und schlossen sich stumm, formten zwei Silben. *Mama.* Noch mehr Asche löste sich von dem Jungen und fiel zwischen ihnen zu Boden. Seine Haut leuchtete rot auf, schoss knisternd Funken in die Luft. Obwohl sie schmerzhaft die Haut versengten, wich die Mutter nicht zurück, hielt sich an dem Jungen fest. Das Feuer verlosch in wenigen Sekunden. Das Gesicht des Kindes war unter einer neuen Kruste aus verbranntem Gewebe und Asche verborgen.

Lex reichte ihn der Mutter, er hatte kein Recht, ihn zu halten. Aber sie schwankte unter dem Gewicht. Sie war so ausgezehrt, dass sie kaum die Arme mit den Ketten daran heben konnte. Es erschien Lex wie aus einem Film über Mittelalter und Sklaverei und Folter. Er umfasste das Metall, das um die Handgelenke der Frau gegossen worden zu sein schien, um es zu schmelzen.

Die Ketten schlugen auf dem Boden auf. Lex nahm wieder das Kind an sich und stützte die Frau. Bei jedem ihrer Schritte zum Ausgang fiel immer mehr Asche von dem Jungen ab, seine Form wurde kleiner und kleiner.

Als sie aus dem Kühlraum traten, hörte Lex die Träger der Halle knarzen. Sie mussten endlich dieses verfluchte Gebäude und die Insel verlassen. Aber wie? Er blickte in Kels Zelle, sah dessen mit Blut und Schleim verklebte Kiemen mühsam zittern. Der Junge lag warm gegen sein Siegel, inzwischen kaum größer als eine Wassermelone. Die Mutter hing praktisch an Lex' Arm. Er konnte unmöglich sie alle tragen. Die Zähne zusammenbeißend, zwang er seinen Blick nach vorne zu der Tür, die zu Âyí führte. Dann musste er eben schnell sein!

Âyí saß auf einem der Sessel im Vorraum, von Liz und Mawu flankiert. Sie sprang auf und der Fuchsjunge, der zu ihren Füßen geschlafen hatte, folgte ihren humpelnden Schritten.

Lex reichte ihr das Kind. „Er ist auch verflucht! So wie ich."
Âyí blickte zu der Frau und dann zu dem Kind. „Das ist nicht der Junge …"
Lex dachte an den Ring und an Kels bewusstlosen Körper. *Ich weiß!*, wollte er schreien. *Aber es konnte unmöglich Kel sein!*
Âyí berührte kurz die verkohlte Hülle. Sie atmete bemüht ruhig ein und aus, ihre Lippen zu einem zerbrechlichen Lächeln verzogen. „Er ist nicht verflucht."
„Aber …" *Er ist doch praktisch tot!*
Âyí hielt ihre Hand hoch, während die Mutter ihr etwas in ihrer fremdartigen Sprache erklärte. „War sonst niemand da?", fragte sie Lex.
Er wich ihrem Blick aus, ihrer Hoffnung. „Da ist noch jemand, aber …"
… *vielleicht lebt er nicht mehr.*
Lex lief zurück und Âyís gemurmelte Gebete folgten ihm.

•

Kel lebte noch.
Lex wischte das Blut von seinen Rippen. Kels Haut war zu trocken, zu kalt. Lex hob ihn nur mit Mühe hoch. Selbst in dieser Form war Kel noch genauso schwer, genauso vertraut wie in seinen Erinnerungen. Lex trug ihn langsam den leeren, weißen Gang entlang und studierte sein Gesicht, die matten Schuppen, unter deren Rändern sich Blut gesammelt hatte.
Hatte Âyí die ganze Zeit etwa nach Kel gesucht? Kein Wunder, dass seine Suche kaum eine Spur hervorgebracht hatte. Niemand rechnete damit, dass eine Frau der gesuchte *Junge* sein könnte. Im Grunde war es ein toller Trick, um

Verfolger oder Händler in die Irre zu führen. Aber welche von Kels Formen war echt?
Lex verzog den Mund. Er hatte sein Leben lang genau diese Frage gestellt bekommen und sie gehasst. Jetzt klangen seine eigenen Gedanken wie die Stimmen all der Frauen und Männer, die ihn deswegen befragt hatten. *Wie die von Jian.*
Âyí war sofort bei ihnen, kaum dass Lex die Tür öffnete. Sie umfasste Kels Handgelenk, malte es schwarz mit Asche. „Kellan? Kellan, hörst du mich?"
„*Kellan*?" Das Wort fiel ungelenk aus Lex' Mund, aber Âyí schien ihn nicht gehört zu haben. Es war ausgerechnet dieser Name, der in Lex' Gedanken einschlug und alle Fragen und Zweifel zerstreute. Der Kel mehr zu einem Mann machte als dessen Körper, obwohl dieser doch unmissverständlich männlich war. Gleichgültig wie vertraut die Augen waren, die Kel endlich geöffnet hatte.
„Komm, mein Junge. Wir haben nicht mehr viel Zeit", murmelte Âyí.
Kel nickte nur. Sein Blick flackerte für einen Augenblick hoch zu Lex, bevor er sein Gesicht gegen dessen Schulter presste.
Âyí war bereits an der Tür. Der Fuchsjunge hatte eine menschliche Form angenommen. Sein Haar knisterte bläulich, flutete fast die ganze Halle mit Magie. Im Gegensatz zu seinen Eltern trug er bloß ein T-Shirt und eine Hose. Nur die Magie und der schneeweiße Fuchsschwanz verrieten, was er wirklich war. Er stützte mühelos Âyí und die Frau. Mawu und Liz miauten fragend, warteten auf Lex'

Entscheidung. Lex folgte der feinen Spur aus Asche zum Ausgang.

Die Erde zitterte unter ihren Füßen, als sie endlich ins Freie traten. Lex glaubte, hinter sich etwas einstürzen zu hören. Die Luft vibrierte vor Chaos. Irgendwo stürzten Gebäude ein. Banshee-Schreie zerschnitten immer wieder Polizei-Sirenen und die Durchsagen, die Insel müsste evakuiert werden. Alles schien in Bewegung zu sein, kurz vorm Zerbersten.

Lex presste Kel fester an sich, während sie über die Promenade zum Wasser liefen. „Es wird alles gut", murmelte er gegen Kels blutiges Haar. „Wir bringen dich von der Insel und du kannst ins Wasser."

Kels Körper krampfte sich zusammen, wurde von unterdrückten Schluchzern geschüttelt. Seine Tränen sickerten heiß in den Stoff von Lex' T-Shirt. Warum weinte er? Und was sollte Lex sagen? Irgendetwas sollte er doch sagen, um ihn zu trösten. War es Erleichterung, die Kel empfand? Schock, eine solch furchtbare Erfahrung überlebt zu haben? Wäre er damals, als Kel vorbeigekommen war, doch da gewesen! Oder hätte er Mr Lings Drohung ernst genommen und nach Kel geschaut.

Lex kratzte die einzigen Wörter zusammen, die er fand: „Es tut mir leid."

Es wartete tatsächlich ein Boot auf sie, lose an einen Stein gebunden. Sie stolperten über die aufgeschütteten Steine, die ihnen unter den Füßen wegrutschten.

Er hatte erwartet, dass Kel sich über die Nähe zum Wasser freuen würde. Aber der presste sich noch näher an Lex, flüsterte etwas gegen seine Schulter, das in einem erneuten Banshee-Schrei unterging. Lex hatte keine Zeit, danach zu fragen, Âyí und die Frau saßen mit dem Jungen bereits im Boot, während der Fuchs das Seil losmachte.

Mawu zwängte seinen Kopf zwischen Kel und Lex und heilte dessen Brandwunden. Lex blickte auf das ausgebrannte Kind in den Armen seiner Mutter. Es war noch kleiner geworden.

„Er stirbt doch!“, rutschte es ihm ungewollt heraus.

Die Frau strich eine neue Schicht Asche zu Boden und Lex glaubte Haut – oder Knochen? – zu erkennen.

„Er ist ein Phönix. Er kann nicht leben, wenn er nicht stirbt“, antwortete Âyí.

„Ein Phönix?“ Lex schüttelte den Kopf. Waren Phönixe nicht Vögel? „Aber … wo kommt er her?“

Âyí zuckte mit den Schultern. „Er wurde geboren.“ Lex lagen weitere Fragen auf den Lippen. Die alte Frau blickte auf das Phönix-Kind neben sich und begann zögernd zu erzählen, bevor Lex sie aussprechen konnte. „Feuerwesen werden nur selten in diese Welt geboren. Sehr, sehr selten …“ Sie rieb ihre geschwärzten Handflächen aneinander. „Feuer mag wehtun, aber es ist nie grausam. Und es reinigt. Wie ein Waldbrand …“

Die Mutter begann, das Kind sanft hin und her zu wiegen und leise zu singen. Lex kam die Melodie vertraut vor, auch wenn er immer noch kein einziges Wort verstand. Âyí schwieg. Es war offensichtlich, dass sie Lex nichts mehr erklären würde.

Er strich über Kels eisige Arme, sah sich nach einer Stelle um, an der er ihn ins Wasser lassen könnte. Er hatte erwartet Kowloon zu sehen, aber sie näherten sich nicht dem Festland. Der Fuchsjunge steuerte das Boot parallel zur Insel, in Richtung Lantau.

Lex öffnete den Mund, um auf die falsche Richtung hinzuweisen. Der Anblick der Insel ließ ihn jedoch innehalten. Es war kein normales Erdbeben – die Insel kippte hin und her, als würde sie jederzeit kentern und untergehen. Die Frau rief etwas und das Boot kam ins Schwanken.

„Was passiert da?" Lex blickte zu Âyí, erwartete in ihrem Gesicht den Horror zu sehen, den er selbst empfand. Aber die Schamanin sah Kel an, beobachtete, wie Lex durch dessen Haar strich.

„Ihr kennt euch." Es war keine Frage gewesen, aber die Art, wie Âyí ‚kennt' aussprach, zwang ihn zu einer Antwort. Da war etwas in ihrem Gesicht – eine Hoffnung, eine stumme Bitte, Lex sollte widersprechen.

Lex wandte den Blick ab und nickte.

Er spürte Âyís Enttäuschung, als wäre es seine eigene. Und er *war* enttäuscht. Denn die gesuchte Person war die ganze Zeit praktisch unter seiner Nase gewesen. Warum hatte Kel nie etwas gesagt? Hatte sie – er – nicht gewusst, dass Lex auf der Suche nach ihm war? Kel sank in seinen Armen zusammen, machte sich klein, als verbärge er sich vor Lex' unausgesprochenen Fragen.

Der Fuchsjunge rief etwas und Lex folgte mit seinem Blick dessen zittrigem Fingerzeig. Die Insel bewegte sich wieder. Auf der anderen Seite, genau dort, wo das Boot sie hinbrachte, erhob sich eine dunkle Masse aus dem Wasser. *Ein*

Fels, war Lex' erster Gedanke. Aber der Fels schwebte über den Wellen und das Feuer zog sich zu einem stechenden Klumpen in Lex' Brust zusammen.

Âyís Stimme war sanft, wurde kaum über den Lärm der Insel und Lex' rasende Gedanken getragen. „Du kennst genug Legenden, in denen eine Schildkröte die Welt auf ihrem Rücken trägt … Sie sind wahr."

Lex schüttelte den Kopf. Es war nicht so, dass er Âyí nicht glaubte, denn er *sah* die Bewegung der Augen, das spitze, schnabelartige Maul. Er konnte schlichtweg das Wissen nicht fassen, dass er Jahre auf dem Rücken eines *Lebewesens* verbracht hatte. War es überhaupt ein Lebewesen? Oder etwas anderes? Ein Dämon?

„Was ist es?", fragte Lex. Denn wenn es ein Dämon war, war es zu groß, um vernichtet zu werden. Nicht einmal mit Jian und anderen Jägern zusammen wäre das möglich.

„Es ist eine Gottheit."

„Es gibt keine Götter!"

Das Boot hatte gestoppt. Sie waren nicht mal zehn Meter vom monströsen Kopf entfernt.

Âyís Seufzer klang, als käme er aus einem kilometertiefen Brunnen. „Manche … Kreaturen erreichen eine Existenz, die ans Göttliche reicht. Und sie ist die Göttin der Meere."

„Lex?"

Er schreckte bei dem Klang von Kels Stimme hoch. Es lag etwas darin – eine Tiefe, die seine Siegel aktivierte und nach Verwandlung rief. „Wusstest du davon?", fragte er Kel und zeigte auf die Schildkröte.

„Lass mich los …"

Lex folgte der Bitte. Sah zu, wie Kel von ihm wegrutschte, um sich an den Bootsrand zu lehnen. Lex' Arme sanken. Seine Finger zuckten, suchten nach etwas, um die plötzliche Leere zu füllen.

Er zwang seinen Blick von Kels blutverkrustetem Rücken weg und sah Âyí an. „Warum macht sie das?" Lex nickte zum Kopf der Schildkröte. „Warum ist sie … wach?"

„Ich weiß es nicht genau. Aber der Equalizer denkt, wegen ihm …" Âyí blickte auf das schlafende Phönix-Kind. Die Mutter rieb über die Form des Jungen und zwischen dem Schwarz wurde ein Köpfchen sichtbar, ein winziger Arm. Âyí löste ihr Tuch von den Schultern und reichte es der Mutter, die das Kind vorsichtig hineinwickelte. „Die Menschheit ist schon seit Langem dabei, sich selbst und uns zu vernichten. Die Ströme versickern und sterben und die Schatten kriechen hervor. Parasiten und Traumfresser und …" Sie brach ab. Lex wollte nicht wissen, was die Steigerung von Traumfressern war. „Das Ungleichgewicht, das die Menschheit verursacht hat, hat zu seiner Geburt geführt. Das und die Seelen … Die Dinge, die sein Vater getan hat. Sein Feuer hätte das alles begleichen müssen. Aber es hat nicht funktioniert. Das alles muss *sie* geweckt haben."

„Kann man denn nichts tun? Sie irgendwie beruhigen?"

„Eine Gottheit kann nur auf eine Weise beruhigt werden."

Lex biss sich auf die Lippen. „Durch ein Opfer?" Er sah aus den Augenwinkeln die Bewegung von Kels Flossen, als der sich über den Rand ins Wasser fallen ließ. Lex hätte ihm längst ins Wasser helfen sollen.

„Der Equalizer wollte sich schon vor Monaten darum kümmern. Aber das Meeresvolk ist … eigensinnig.“ Âyí blickte zu Kel und Lex folgte ihrem Blick, konnte nur Kels Finger um die Kante der Bootsseite sehen, etwas vom blutig violetten Haar.

„Das Meeresvolk wollte es alleine regeln“, sprach Âyí weiter. Sie rieb sich über die Augen. „Deswegen haben sie Opfer geschickt, um das zugefügte Unrecht zu begleichen. Um die Insel zu retten. Keines von ihnen kam an. Sie alle wurden abgefangen, ermordet … Letzte Woche hat es zum ersten Mal ein Opfer bis nach Hongkong geschafft. Deswegen habe ich dich geschickt, um ihn abzuholen.“

Eine Welle traf das Boot, ließ es unruhig herumschwappen. Lex betrachtete die Linien in Âyís verstaubtem Gesicht. Sie weinte nicht mehr. Lex’ Rachen und Mund füllten sich mit Feuer, als ihm Âyís Worte aus der Lagerhalle wieder einfielen: *Er muss das beenden.* Sie konnte unmöglich meinen, dass Kel …

„Das ist doch wahnsinnig! Und du machst dabei mit?“ Lex hustete, presste sich die Finger an die verbrannten Lippen und wandte sich Kel zu. „Hat man dir nicht gesagt, dass du …?“

Lex sah weder Kels Hand noch Haar. Er beugte sich über den Rand des Boots, blickte auf die wogende, leere Wasseroberfläche.

„Kel …? Kel!“

20

Âyí rutschte näher zu ihm, griff nach seinem Arm. „Er wusste das, Lex! Das höchste Opfer ist das freiwillige. Und Kellan hatte sich freiwillig gemeldet …"

Lex riss seinen Arm aus ihrem Griff los und das Feuer fauchte ihr entgegen. Âyí zog die Hand schnell zurück, klopfte die Funken an ihrem Ärmel aus. Ein Teil von Lex bereute die grobe Geste, schämte sich dafür. „Aber sie … Er …" Lex konnte einfach nicht glauben, dass jemand sich freiwillig für den Tod meldete. Denn das würde Kels Opfer bedeuten – die Schildkröte war zu groß, um sich mit etwas Blut oder Edelsteinen zufrieden zu geben. „*Dafür* musste ich ihn abholen? Ihn suchen? Damit er stirbt? Hast du mir deswegen nichts gesagt? Wenn ich das gewusst hätte, hätte ich niemals mitgemacht!"

Âyí zuckte vor ihm zurück. „Es geht um Millionen von Menschenleben! Nicht nur um Hongkong." Sie zeigte auf das Festland und die umliegenden Inseln. „Verstehst du das nicht? Nur ein Leben im Austausch für das alles. Kellan hat selbst entschieden –"

„Nein!" Lex erinnerte sich an Kels Fragen zum Strom, nach dem Verbleib der Seelen. An ihren regennassen Körper, als sie zum Meer blickte. Sie hatte solche Angst vor dem Erdbeben gehabt, weil sie wusste, was es verursacht hatte … Und die Banshees werden alles vorhergesehen haben. Kein Wunder, dass sie so freundlich zu Kel gewesen waren – sie war bereits damals totgeweiht!

Ich wäre lieber ein Mensch.

Lex zählte Kels Lächeln auf, all die Augenblicke, die mit ihrem Staunen über die Menschenwelt gefüllt waren. Die Erinnerung an ihre Finger, an ihren Körper, kribbelte über seine Handflächen. Sie wollte nicht gehen … Sie war bei ihm gewesen, als sie längst hätte weg sein müssen. Lex unterdrückte einen erneuten Flammenausbruch. Sie hatte also jedes Mal ihr Opfer, ihren Tod, gemeint, wenn er von ihrer Abreise ausging?

Kann ich dich wiedersehen?

Kel wollte nicht sterben!

Er erinnerte sich an die Meerjungfrauengeister und das Skelett in Mr Lings Kühlraum, an die filigranen Knochen der Drachenschwingen, die sich schützend darum gewickelt hatten. Kel durfte nicht auch noch sterben!

Lex erhob sich und brachte das Boot ins Schwanken. Âyí versuchte wieder, nach ihm zu greifen. Als wüsste sie, was er tun würde. „Lex, bitte!“

Sie war nicht schnell genug.

Er sprang. Durchbrach die Oberfläche. Kälte und Gesang umschlossen ihn. Vor Überraschung verschluckte er sich an dem bitteren Meerwasser. Er kämpfte gegen das Gewicht seiner Kleidung an, während die unirdische und doch bekannte Melodie auf seiner Haut vibrierte. Er opferte einen Stein, um seinem Körper genug Sauerstoff zu geben und im Salzwasser sehen zu können, und beobachtete, wie seine Schuhe in die finstere Tiefe sanken.

Die Schildkröte hatte ihren Kopf wieder unter Wasser getaucht – Kels Oberkörper zeichnete sich weiß vor ihm ab. Das Lied, das Kel sang, klang anders als in Lex' Badezimmer, die Melodie war jedoch unverkennbar. Die Traurigkeit und die unausgesprochene Bedeutung des Liedes brannten in seinen Augen, versetzten ihn zurück zu ihrem gemeinsamen und einzigen Morgen.

Die Schildkröte beobachtete Kel, wog ihren Kopf hin und her. Lex glaubte, etwas in ihren schwarzen Augen zu erkennen. Eine Fremdartigkeit, eine Art von Intelligenz, die er bisher nur bei Âyí gesehen hatte. In den Schildkrötenaugen war dieses Wissen multipliziert, stach durch die Tierform erst recht hervor. Sie mochte die Göttin des Meeresvolks sein, aber sie unterschied sich nur in ihrer Größe von den Dämonen, die Lex gejagt hatte. Allein die Tatsache, dass sie Kel verschlingen würde, qualifizierte sie bereits zur Exekution. Und Kel wirkte so winzig gegen sie, ein weißer Strich, der gleich nicht mehr existieren würde. Er hatte in Lex' Armen gezittert und geweint. Wie konnte er jetzt dieses Monster, das ihn jeden Augenblick töten würde, besingen? Hatte er keine Angst mehr? Ergab er sich seiner Pflicht? Seiner angeblichen Wahl?

Das Feuer schoss bis in seine Fingerspitzen, erhitzte das Wasser um ihn herum, bis seine Sicht waberte. Lex hatte auch eine Wahl! Und er würde Kel retten.

Jians Stimme kroch durch seine Gedanken. *Alles, was Dämonen wollen, ist Energie: Gefühle, Träume, Wärme. Leben. Materie dagegen muss mühsam in Energie umgewandelt werden …*

Lex schwamm zu Kel. Der Dämon würde sich zuerst an den Ängsten und Hoffnungen des Meermannes sattfressen, an seinem Lebenswillen, bevor er Kel selbst verschlang. Und wenn das nicht reichte?

Es gab noch etwas, das der Dämon nehmen könnte, und dann wäre Kel verloren. Vollkommen. Weder der Strom noch die Sterne würden ihn erwarteten – seine Seele würde ein Teil des Dämons werden. Und genau das würde Kels Opfer werden. Kel hätte vielleicht sein Leben geopfert, aber niemals seine Seele. Er wusste bestimmt nicht einmal, wie hoch das Opfer tatsächlich werden würde.

Lex riss sich die Ampulle vom Hals und öffnete sie, um Kels Blut freizugeben. Es löste sich augenblicklich in dem warmen Wasser, das ihn umgab, und stieg in einem rötlichen Nebel auf. Es war einfach, Kels Form daraus zu manifestieren, eine Hülle, die lebendig genug erschien. Das Problem war die Energie – Lex hatte keine Steine mehr. Sein eigenes Blut begann zum Golem zu strömen. Sein Feuer. Lex fütterte ihn mit seinem Schmerz. Seine Trauer um May. Seine Sorge um Kel. Seine Gefühle … und zum Schluss seine Panik.

Die Schildkröte neigte in Zeitlupe ihren gigantischen Kopf. In jedem ihrer Augen spiegelte sich eine andere Version von Kel wider.

Lex streckte seinen Arm nach Kel aus. Warum schwamm er nicht weg? Die Schildkröte würde sonst beide Versionen fressen! Lex opferte noch mehr von seinem Blut, um Kel aus der Reichweite des Dämons zu bringen. Das Feuer vermischte sich in Sekundenbruchteilen mit dem Wasser und explodierte in einer Dampfwolke um sein Gesicht. Er berührte das Siegel, versuchte vergeblich, es irgendwie zu schließen. Durch den roten Schleier seines eigenen Bluts sah er nur noch einen Kel, der regungslos in das aufgerissene Maul der Schildkröte blickte.

Bitte … Bitte, lass Kel in Sicherheit sein!

Ein weiterer Feuerstoß verbrühte seine Haut und nahm ihm die Sicht. Rote Wolken schwebten um das Maul der Schildkröte.

Es war still. Kel sang nicht mehr.

Lex schloss die Augen. Sein ganzer Körper brannte. Das Feuer fraß sich von innen nach außen, während das Salz seine offene Haut versengte. Es war vorbei. Sogar der Schmerz verschwand. Er wollte die Siegel berühren, aber seine Arme hörten nicht auf ihn, hingen warm und träge herab. Er fühlte sich beinahe gut. Schmerzfrei. Wie vor dem Fluch. Lex versuchte zu lächeln. Natürlich hatte er jetzt nichts mehr davon. Vielleicht würde er May irgendwann im Strom wiedersehen. Sie könnten dann zusammen über die Ironie des Universums lachen.

Sein Körper ruckte kurz hoch. Hatte es schon begonnen? Lex öffnete die Augen. Blieb er im Strom? Er wollte nicht zu den Sternen. *Bitte … Ich will nicht alleine herumirren.*

Das Licht war schwach, kaum vorhanden. Warm unter seinen Fingern. Liz' Präsenz schmiegte sich an das Herzsiegel, filterte das Feuer. Das Licht des Schutzgeistes sickerte in seine Haut, verband sich unwiderruflich mit seinen Zellen.

Nicht … Er versuchte, den Geist von seiner Brust zu kratzen. *Liz, bitte nicht. Keine Opfer mehr!*

Seine Augen brannten wieder, während er gegen die Verbindung ankämpfte. Er hatte keine Kraft mehr, um Liz von sich zu reißen. Keine Steine. Kein Blut. Alles, was ihm blieb, waren sein Wille und sein stolpernder Herzschlag. Und zum ersten Mal streckte seine Magie sich ihm aufgeregt entgegen, umwickelte sein Herz und hielt es an.

Er fiel.

Er fiel durch Finsternis, seine Gedanken ein loser Klumpen, der sich jeden Augenblick zu verflüchtigen drohte. Lichtfunken stoben durch seine Sicht, verbanden sich zu hauchdünnen Fäden. Er wusste, dass er Angst haben sollte, während der Strom durch seinen Körper stach, um nach seiner Seele zu greifen. Nein, Freude … Er sollte sich freuen. Denn hinter ihm wartete das Licht und über ihm nur die Finsternis des Universums.

Wo sind die Sterne?

Dann sah er doch einen leuchtenden Punkt, einen Stern, der in die Finsternis hinaufschoss, als Liz zur Wasseroberfläche katapultiert wurde. In diesem Moment schenkte ihm die Magie einen Funken Bewusstsein und eine letzte Erkenntnis: *Ich will zu den Sternen …*

21

Der Geruch von verbranntem Holz, Staub und Frittierfett hing in der Luft. Das Haus vibrierte vor Schritten und Stimmen. Fast schon im Takt kam das Bellen des Verwalters dazwischen. Lex versuchte sich auf den Rücken zu rollen. Mawu murrte, lehnte sich schwer und schnurrend gegen ihre Brust. Sie ertastete Liz' flaumiges, warmes Fell.

„Bist du wach? Lex?"

Sie löste sich vorsichtig von den Katzen und setzte sich in ihrem Bett auf. Âyí räusperte sich, der Stuhl unter ihr knarzte, als sie schnell den Blick abwandte. Sie rieb mit dem Daumen über den Griff eines Gehstocks. *Das Phönix-Baby*, erinnerte sich Lex. *Die Schildkröte. Kel!*

Sie sah an sich herab und hob das Laken hoch, um ihren nackten Oberkörper zu bedecken. Wann hatte sie sich verwandelt?

„Hat es geklappt?", fragte sie und musste husten. Ihr Hals tat weh. Als hätte sie geschrien … oder gebrannt. Die Phantomschmerzen des Fluchs zogen ihre Muskeln zusammen. „Was ist mit Kel? Ist er …?"

Âyí lächelte sanft, Lex' Panik gegenüber offenbar blind. „Es ist alles gut. Sie schläft wieder."

Sie? Lex dachte an die pechschwarzen Augen und das Blut um den Schnabel der Schildkröte. *Wohl eher ‚es'!*

Âyí streckte einen Arm aus und berührte Lex' Wange. „Du bist ein Held. Du hast Hongkong gerettet."

Lex blickte schweigend auf Liz, der auf seine Handfläche kletterte – nicht größer als ein Katzenjunges. Sie streichelte seinen Kopf und er schloss versonnen die winzigen Augen.

Lex blinzelte die Tränen weg. Sie war keine Heldin. Sie hatte nur wieder etwas nicht zu Ende gedacht und hätte es eigentlich mit ihrem Leben bezahlen sollen.
„Wo ist Kel?“, fragte sie erneut.
„Kel lebt“, antwortete eine Stimme von der Tür. Lex sah auf und zog das Laken höher. Michael prostete ihr mit einem Becher zu. „Wir wissen nicht, wo er ist. Du hast fast zwei Wochen lang regeneriert, wir hatten keine Zeit, um auch noch ein Auge auf ihn zu haben.“
Zwei Wochen? Lex erstarrte, kämpfte ihre Enttäuschung nieder. Kel war bestimmt längst nach Hause zurückgekehrt. Kein Wunder, dass Lex sich zurückverwandelt hatte. Zwei Wochen waren mehr als genug Zeit, damit ihr Körper Kel vergaß. Er lebte. Das sollte doch genug sein?
„Ich muss los.“ Âyí reichte Lex einen Umschlag. „Ich werde für ein paar Tage wegfahren, um einen Platz für den Phönix zu finden.“
Lex presste den Umschlag gegen ihr Siegel. „Ist er nicht gefährlich?“
„Er ist nur ein Kind. Solange ihm nichts Schlimmes widerfährt, wird er nicht brennen. Seine Mutter ist ja bei ihm.“
Lex ließ sich von Âyí in eine Umarmung ziehen, roch den vertrauten Duft nach Gewürzen und gegrilltem Gemüse und das verbrannte Fett der Nachbarsstände. Auch wenn sie nicht einfach vergessen konnte, dass die alte Frau Kels Opferung nicht nur unterstützt, sondern auch Lex mit hineingezogen hatte. Lex konnte es auch nicht einfach so verzeihen.
„Pass auf dich auf“, murmelte die Schamanin und presste ihre Lippen auf Lex’ Haar.

Lex atmete tief durch und zwang sich zu einem Lächeln. „Ich werde dich besuchen kommen“, versprach sie.
Âyí humpelte mit Hilfe ihres Stocks zur Tür, ihr Rücken von einer unsichtbaren, schweren Last gebogen. Lex fragte sich, welchen Preis die alte Frau diesmal bezahlt hatte, um Lex’ Leben zu retten.
Michael setzte sich auf Âyís Platz. Er reichte Lex auch einen Becher, aber sie schüttelte den Kopf. „Ich gehe auch gleich. Komm in meinem Laden vorbei, wenn es dir besser geht. Ich kann dich nicht mit ruhigem Gewissen *so* durch die Gegend laufen lassen.“ Michael fuchtelte mit der freien Hand über Lex’ Kopf. „Bist du unter einen Rasenmäher gefallen?!
Lex knibbelte an der Lasche des Umschlags herum, tastete mit dem Daumen die einzelnen Edelsteine darin ab, ging nicht auf seine Frage ein: „Ist May tot?“
Michael stellte den Becher auf den Boden neben das Bett. „Warum denkst du das? Weil du überlebt hast? Kellan hat dir literweise Blut eingeflößt, das ist alles. Der Fluch ist doch immer noch da, wie du wahrscheinlich selbst gemerkt hast.“
Also lebte May doch noch. Wer war dann die Tote in den Lagerhallen gewesen? „Kellan?“ Der Name schmeckte immer noch fremd.
„Was dachtest du, wer dich gerettet hat? Âyí hatte eine Herzattacke, als Liz ohne dich aufgetaucht ist.“ Michael rieb mit einem Finger zwischen den winzigen Ohren des Katers und der wurde schlagartig größer. „Er war nur noch so groß wie ein Neugeborenes, so viel Energie hat er verloren. Ist beinahe ertrunken …“

Sie blickten schweigend auf den weißen Kater, der sich in Lex' Schoss auf den Rücken drehte und seine Pfoten durchstreckte.
„Das, was du getan hast, war nicht … gut. Das verstehst du doch, oder?“, fragte Michael.
Lex zuckte von der Kälte in seiner Stimme zusammen, nickte aber.
„Die Götter mögen es, wenn jemand aus Liebe die Stelle des Opfers einnimmt und um sein Leben kämpft“, sprach Michael weiter. „Das schmeichelt ihnen, auch wenn das notwendige Opfer nicht erbracht wird. Du hast das Universum hintergangen. Früher oder später holt es sich das, was ihm zusteht, zurück.“
„Das klingt wie eine Drohung“, flüsterte Lex.
„Es ist eine Warnung“, korrigierte Michael und nahm seine Hand von Liz herunter. Der war jetzt fast genauso groß wie sein Bruder und schlief.
„Danke“, sagte Lex. Denn sie war wirklich dankbar. Nicht für die Warnung. Die machte ihr Angst, was Michael bestimmt auch beabsichtigt hatte. Sie war dankbar für die Antworten, für Liz' Überleben.
„Zum Schluss ein Rat: Halte dich vom Meeresvolk fern. Unter Wasser kennt man jetzt deinen Namen und verabscheut ihn. Lege dich niemals mit ihnen an, niemand wird dir beistehen.“
„Ich habe ihnen nichts getan!“, widersprach Lex.
„Du hast ihre Göttin beleidigt. Und du hast …“ Michael verzog das Gesicht. „Du hast das Opfer ‚beschmutzt‘.“
Lex' Gesichtshaut fühlte sich an, als würde sie ihr jeden Augenblick vom Fleisch abbrennen. Sie wünschte sich, die

verfluchte Schildkröte hätte sie verspeist. Michael war eine der letzten Personen, mit der sie solche Gespräche führen wollte.
„Ihre Worte, nicht meine. Jungfräuliches Opfer und so …“
Michael seufzte. „Sexismus gibt es auch am Boden des Marianengrabens, meine Liebe. Dein Glück, dass Kellan sich verwandelt und dir die Wahrheit offenbar vorenthalten hatte.“
Lex rieb sich über das Gesicht, aber die Erniedrigung wurde davon nicht kleiner. „Weißt du, warum er das konnte?“, fragte sie, um auf ein anderes Thema zu kommen. „Warum er auch das Geschlecht wechseln kann?“
„Dafür, dass dein Onkel einer der besten Ausbilder der Welt ist, scheinst du nur wenig von ihm gelernt zu haben. Alle im Meeresvolk können ihr Geschlecht wechseln. So wie einige Fischarten auch. Sichert den Fortbestand.“ Michael zuckte mit den Schultern. „Pass auf dich auf, Lex“, wiederholte er Âyís Worte. „Ein Phönix wird nie in guten Zeiten geboren, etwas Schlimmeres steht uns bevor. Und nach deiner *Heldentat* wird dich der Equalizer im Blick haben.“ Er erhob sich und drückte Lex’ Schulter. „Komm auf jeden Fall wegen deiner Haare vorbei. Es ist unerträglich, wie du aussiehst!“
Lex’ Lächeln brach, sobald die Tür hinter Michael ins Schloss fiel. Sie sah sich im Apartment um. Es trug nach wie vor die Spuren des Traumfressers, roch immer noch nach Rauch und … Lex verzog das Gesicht und stand vorsichtig auf. Zwei Wochen … Das heißt, so lange hatte sie

auch nicht geduscht! Ihre Haut begann zu jucken, als sie ins Badezimmer stürmte.

Als sie dieses kurz darauf endlich sauber verließ, fiel ihr Blick auf ihre Jacke, die über der Stuhllehne hing. Sie hatte die Jacke doch in der Lagerhalle gelassen? Âyí oder die Jungs mussten sie zurückgebracht haben. Sie rubbelte sich die Haare trocken und warf das Handtuch auf den Tisch, dessen Oberfläche immer noch mit den Kreidespuren des Suchzaubers überzogen war, und griff in die Innentasche der Jacke.

Ihre Finger streiften kaltes Metall. Warum war sie so überrascht, Kels Ring zu finden? Sie hatte ihn doch selbst in die Jackentasche gelegt. Aus einer Seitentasche fiel ein Umschlag auf den Boden. Lex wog ihn in ihrer Hand. Es war schwerer als die üblichen Edelsteine oder ein Brief.

***

„Heute verzeichnen wir genau zwölf Tage ohne seismische Aktivitäten. Die Behörden warnen immer noch vor möglichen Nachbeben und bitten alle Inselbewohner, nach Möglichkeit mit ihrer Rückkehr zu warten. Die Untersuchungskommission wird im Laufe des morgigen Tages ihren Bericht zu den Bebenursachen und zur Sicherheitseinschätzung veröffentlichen. Wir haben heute einen Spezialisten bei uns, der seine eigene Theorie zu dem fatalen Erdbeben, das Hongkong vor zwei Wochen erschüttert hatte, vorstellen und Zuhörerfragen beantworten wird …“

Der Taxifahrer drehte das Radio lauter und Lex blendete die Erklärung des angeblichen Spezialisten aus. Kels Ring lag warm in ihrer Hand, während Häuser und Straßenzüge an ihr vorbeizogen. Überall standen Bagger und Absperrungen, Gerüste stützten jedes größere Gebäude. Nicht viele Hongkonger waren der Empfehlung der Behörden gefolgt. Überall gingen Menschen ihrem Alltag nach oder halfen bei den Aufräumarbeiten. Was sollten sie auch sonst tun?

Die Grünanlage um Sai Wans Schwimmhäuschen war leer, die vielen Opfergaben entlang der Wege unberührt. Wann wohl die Dämonen nach Hongkong zurückkehren würden? Es war geisterhaft still ohne deren Geschnatter.
Das Holz des Stegs hinter dem Absperrband leuchtete hell und verströmte immer noch den Duft von Sägespännen. Lex zog ihre Schuhe aus und stieg über das Band.
Der Brief mit der Einladung und den Flugtickets lag schwer in ihrer Tasche. Die Fuchsgeister hatten ihre Dankbarkeit mehr als großzügig zum Ausdruck gebracht und die Ehre, diese in Japan besuchen zu dürfen, wog bei Weitem das ganze Geld auf. Sie zögerte einen Augenblick, bevor sie die Füße ins Wasser senkte. Unter ihr schlief der Schildkrötendämon, vielleicht sogar genau unter ihren Füßen.
Es war an der Zeit, Hongkong zu verlassen. Die Einladung der Fuchsgeister war der perfekte Anlass dafür. Vorher sollte Lex nach Hause fliegen, um ihren Onkel wiederzusehen. Und vielleicht … Vielleicht, um Kel zu suchen. Er wird nach Europa zurückgekehrt sein und Lex wollte … Sie blickte auf den Ring auf ihrer Handfläche. Keine Ahnung, was sie wollte.

Lex drehte den Ring hin und her, versuchte vergeblich eine Inschrift, irgendeinen Hinweis, wo Kel jetzt sein könnte, darauf zu finden. Sie probierte den Ring an und lachte. Natürlich passte er genau auf ihren Ringfinger. War sie nicht furchtbar albern und jung, sich noch Hoffnungen auf ein Wiedersehen zu machen? Dumm. Sie sollte sich ein Tagebuch besorgen, das sie über und über mit *Kellan + Lex* beschreiben konnte. *Lex Anderson? Kel Foster?* Sie verzog den Mund. Ekelhaft perfekt. Sie musste schnell eine Möglichkeit finden, um dieses Gefühl, das sich so furchtbar wie Verknalltsein anfühlte, loszuwerden.

Eine Bewegung unter der Wasseroberfläche riss sie aus ihren Gedanken. Sie zog ihre Füße aus dem Wasser und rutschte weg vom Stegrand. Das neue Holz riss ihre Haut an Händen und Füßen auf und ihr T-Shirt tränkte sich unweigerlich mit Blut.

Lex hielt es zuerst für Einbildung, reines Wunschdenken. *Warum sollte er hier sein?* Kel verbarg sein Gesicht zwischen den Wellen, nur seine Seeglasaugen ruhten auf dem Blutfleck unter Lex' pochenden Fingern. Sein Haar war wieder dunkel, nicht länger fliederfarben. Lex hatte so viele Fragen, suchte nach den Wörtern, um sie auszusprechen, aber ihr Mund blieb verschlossen. Versiegelt durch ein Lächeln, das genauso wehtat wie ihre Siegel. Kel tauchte wieder unter, ehe sie es recht begriff, und Lex stieß ihren Atem aus, zählte die Sekunden. Sieben, acht, neun, zehn … Kel kam nicht zurück. Er hatte es selbst gesagt: Am Ende würden sie sich wiedersehen … und dies war das Ende. Es tat nicht so weh wie Mays Fluch, aber es kam dem Gefühl

sehr nahe. Lex schluckte die Enttäuschung und die Tränen hinunter.
Plötzlich regnete Wasser in einem Schwall hinter ihr auf den Steg. Lex wirbelte herum. Kel stützte sich am Steg ab, blickte sie immer noch ausdruckslos an. Das Gesicht hatte sich jedoch verändert – sie hatte sich wieder verwandelt. Lex' Körper verkrampfte sich, stellte instinktiv das Gleichgewicht zu Kels weiblicher Form her. Lex hielt sich an den Holzplanken fest und der Schmerz erdete ihn, bis die Verwandlung abgeschlossen war. Zum Glück wusste Kel nicht, wie beschämend schnell er sich für seine Verhältnisse verwandelt hatte. Wie offensichtlich er von seinem Körper verraten wurde.
Die Worte verstopften ihm immer noch den Mund. *Warum hast du dich wieder in eine Frau verwandelt? Es ist mir gleich, welche Form du einnimmst* … Aber die Freude, sie zu sehen, sie sicher und lebendig zu wissen, nahm ihm wieder die Sprache. Es war egal, dass er das Universum betrogen hatte. Oder dass der Equalizer auf ihn aufmerksam geworden war. Er bereute es nicht, Kel gerettet zu haben.
„Hey", krächzte er endlich.
Kels Gesicht erstrahlte. „Hallo, Lex." Sie blickte wieder auf seine Hände und Lex folgte ihrem Blick. Hitze überzog sein Gesicht. Er griff nach dem Ring an seinem Finger, um ihn abzustreifen – natürlich saß der fest. Kel lächelte.
Lex gab seufzend auf. *Lex Anderson* … Er sah weg von Kels Lächeln, ihren Lippen. Blickte auf die Wellen, die zum Steg hinaufschwappten.
„Danke", sagte er irgendwann.
„Wofür?"

„Dass du mich gerettet hast." Lex zwang sich, Kel anzusehen. „Michael hat gesagt, dass ich es ohne dich nicht geschafft hätte."

Kel ruckte zuerst eine Schulter hoch, dann die andere. Ihre eigene Version eines Schulterzuckens. „Du hast mich zuerst gerettet. Drei Mal sogar." Sie grinste. „Ich schulde dir also noch was."

Lex verzog das Gesicht und senkte seine Füße wieder ins Wasser. „Danke, aber nein. Ich habe genug von Nahtod-Erfahrungen."

Kel legte eine Hand auf seinen Oberschenkel, ihre Finger zuckten fragend. Lex bedeckte sie mit seinen, bevor er sie langsam zu sich zog. Sie warf augenblicklich ihre Arme um seine Schultern und Lex presste sein Gesicht in ihr Haar. *Endlich!* Er sog Kels Geruch ein, der ihn Wochen zurück zu ihrer ersten Begegnung versetzte. *Wirklich erst Wochen?*

„Wie lange bleibst du in Hongkong?", flüsterte Lex.

Kels Körper bewegte sich wieder in der Imitation eines Schulterzuckens. „Ich weiß es nicht."

„Ich wollte meinen Onkel besuchen. Wenn du willst, können wir …"

Kel schüttelte den Kopf, rieb dabei ihr Gesicht an seiner Schulter. „Ich darf nicht nach Hause zurück. Ich bin tot."

Lex setzte zu Fragen an, aber Kel presste sich fester an ihn, tränkte seine Kleidung komplett mit Wasser. „Sie haben gesagt, ich hätte sterben sollen", flüsterte sie. „Meine Familie … Für mein Volk bin ich tot. Ich *kann* nicht zurück."

Sein Feuer schoss ihm bis in die Fingerspitzen. *Dann solltest du auch nicht zurück! Nicht zu dieser Art von Familie!* Lex schluckte die Worte hinunter.

Er sah einem aufsteigenden Flugzeug hinterher und schloss dann die Augen. Vergrub sein Gesicht wieder in ihrem rauen, salzigen Haar. Die Vorahnung, einen Fehler zu begehen – die gleiche, die er damals bei dem Vertrag gespürt hatte, verband sich wieder mit seinem Feuer. Nur war es am Ende kein Fehler gewesen, nicht wahr?

Lex holte tief Luft, hielt die Augen immer noch geschlossen, als die Frage endlich von seinen Lippen fiel: „Warst du schon mal in Japan?“

22

„Du bist müde …“, murmelte Kel.

Lex zuckte mit den Schultern. Kel sah es nicht. Seit sie abgehoben waren, hatte die Meerjungfrau ihren Blick nur sechs Mal vom Fenster und der sonnenüberfluteten Wolkenlandschaft unter dem Flugzeug abgewandt. Sie hatte die Knie angezogen und wickelte die Decke mit dem Fluglinienlogo enger um ihre Beine. Fror sie immer noch?

„Möchtest du mein Blut?“

Lex schloss kurz die Augen. Dankte innerlich den Fuchsgeistern, deren Großzügigkeit und dem Sitzabstand der ersten Klasse, durch den hoffentlich niemand Kel gehört hatte. Ein Geschäftsmann vom Gang gegenüber sah trotzdem von seinem Tablet auf. Lex nickte ihm lächelnd zu und setzte seinen ‚Sie macht dauernd solche Scherze! Ist sie nicht süß?‘-Gesichtsausdruck auf. Inzwischen war er wohl richtig gut darin, denn der Geschäftsmann nickte zurück und blickte weg.

„Ich bin kein Vampir!“, zischte er Kel zu.

Sie drehte sich zu ihm um – zum siebten Mal – und grinste, um ihm ihre Nadelzähne zu zeigen. „Es ist nichts Verwerfliches dabei, sich von Blut zu ernähren!“ Sie lehnte sich vor. Blut kroch über ihre Lippen, überzog sie wie ein Lipgloss. „Du bist meinetwegen müde.“

Lex widersprach nicht. Er hatte viel Blut für ihre Verwandlung in einen Menschen gegeben. Noch mehr, um sie in dieser Höhe und Luftfeuchtigkeit überleben zu lassen. Alles, nur damit sie ein Mal den Himmel von oben sah.

Er lehnte sich vor, leckte das salzig bittere Blut von ihren Lippen. Zwei Flugbegleiterinnen rannten fluchend an ihnen vorbei und Lex prallte zurück, schlug mit dem Kopf gegen die Sitzlehne. Sein Mund kribbelte, während er ihnen nachsah, genauso wie die anderen Passagiere. Aus der Economy erklangen Rufe und Schreie, die Geräusche eines Kampfs …

Kels Finger fanden seine und er hielt sie fest. Mit der anderen Hand griff sie an ihre Kette, umschloss deren Anhänger – die Glücksmünze, die sie auf dem *Cats Street Market* bekommen hatte. Lex' Feuer pulsierte erwartungsvoll unter seiner Haut, bereit, einzugreifen und Kel zu beschützen.

„Lasst mich!", brüllte eine Frau. „Ich bin nicht verrückt, da sind Katzen auf der Tragfläche!"

Stille folgte dem Geschrei und jemand lachte auf.

„Oh, ihr kleinen, verf…!", begann Lex und beugte sich über Kel, um aus dem Fenster zu schauen. Er musste sich zwischen sie und den Sitz vor ihnen quetschen und sein Gesicht gegen die Scheibe pressen, um zu den Flügeln sehen zu können. Und tatsächlich! Mawu und Liz reckten ihre Schnauzen in die Luft, ihr Fell peitschte in dem überschnellen Luftzug um sie herum. Lex schlug gegen die Scheibe.

„Ihr miesen Würstchen!", zischte er, leitete seine Stimme mit einem Zauber nach außen. „Was seid ihr? – Kühlerfiguren für Arme?"

Kels Körper zitterte neben ihm und sie japste, bevor ihr Lachen die erste Klasse füllte.

„Das ist nicht witzig“, sagte Lex und schlug wieder gegen die Scheibe. „Kommt sofort rein! Wenn ich euch in die Finger kriege, mache ich Pantoffeln aus euch!“

Kel lachte immer lauter und Lex biss sich auf die Unterlippe. Doch ein Lächeln brach durch, wurde zu einem Grinsen. Er lehnte seine Stirn gegen das Fenster und sah Kel einfach nur an. Die Decke war hinuntergerutscht und sie hielt sich die Hände an den Bauch, während ihr die Tränen übers Gesicht liefen. Ihr Lachen war atemlos geworden, einige der Sitznachbarn lachten ungewollt mit.

Kel sah so furchtbar menschlich aus. So glücklich.

Eine Flugbegleiterin erschien an ihren Sitzen, strich sich eilig die Krawatte glatt. „Ist alles in Ordnung?“, fragte sie mit einem nervösen Blick zu Kel.

Lex setzte sich lachend auf seinen Platz. „Alles bestens!“

Leseprobe:
Claudia Schuster
Into Blackness –
Die Schwärze hinter dem Licht

Sona Bender stiegen Tränen in die Augen. Ihre Mundhöhle brannte. Auf dem Canapé war Chilicreme gewesen! Wasser! Sie brauchte Wasser! Hastig suchte ihr Blick den Tisch ab, fand nichts Flüssiges außer Weißwein. Verzweifelt goss sie sich ein ganzes Wasserglas damit voll und kippte es hinunter. Sie kniff die Augen zusammen, wedelte mit den Händen und wartete darauf, dass der Schmerz nachließ.

Nichts passierte. Ihr Rachen brannte wie zuvor. In ihrer Verzweiflung hätte sie am liebsten auch noch die Blumenvase geleert. Um den Schmerz irgendwie zu lindern, schob sie sich schnell eins dieser grauenhaft neonpinken Törtchen in Gänze in den Mund und hoffte, dass sie bei ihrem Glück nicht zufällig auf ein Pepperoniteilchen gestoßen war. Es brannte immer noch.

Abgelenkt durch den Schmerz, senkte sie versehentlich ihren mentalen Schutzschild. Sofort stürzten Gefühlswolken und Gedankenfetzen auf sie ein.

Ärger, Zufriedenheit, *Hast du gesehen,* Wut, Schadenfreude, Langeweile, Wiedersehensfreude, *Ich kann es kaum glauben,* Traurigkeit, Freude, Überheblichkeit, Zorn, *Er hat mir gesagt, dass,* Ärger, Unbehaglichkeit, Müdigkeit, Übermut, Schalk, Langeweile, Freude, Zufriedenheit, *Uns mitgenommen,* Phlegma, Benommenheit, *Selbst gehört,* Hyperaktivität, Melancholie, Aufregung, Überreiztheit, *Doch das muss sie sein,* Nervosität, Heiterkeit …

Diese geballte Ladung war wie ein Stromstoß. Sona

zuckte zusammen und hob die Abschirmung an. Wie sie solche Menschenmassen hasste! Doch die Teilnahme am jährlichen Mentorenball war Pflicht.

Der Ball war langweilig, spießig und vor allen Dingen voll. Voll mit Alphas. Frauen mit den am höchsten entwickelten mentalen Fähigkeiten des ganzen Planeten. So wie bei ihr.

Sie wollte sich die chiliverschmierten Hände gerade an ihrer Jeans abwischen, da fiel ihr zum Glück noch rechtzeitig ein, dass sie heute ein Seidenkleid trug. Wann hatte sie eigentlich das letzte Mal ein Kleid angehabt? Zum Schulabschluss? Sie fühlte sich verkleidet darin. So wie damals. Die letzten Jahre hatte sie immer einen eleganten Hosenanzug zum Ball getragen. Aber seit diesem Jahr gab es Kleiderpflicht. Verdammt, sie musste wirklich aufpassen. Fehlte noch, dass sie sich versehentlich rittlings auf einen Stuhl setzte!

Ihre Zunge fühlte sich pelzig an, aber durch das zuckrige Törtchen hatte sich wenigstens das Brennen gelegt. Es hatte so harmlos ausgesehen, das kleine Häppchen. Chilicreme. Wer kam schon auf die Idee, so etwas auf ein Canapé zu schmieren? Sadisten unter den Catering-Leuten. Sie überlegte, ob sie die anderen Happen dieser Art unschädlich machen sollte, ließ die Canapés dann aber unberührt stehen. Es gab einige hier, denen sie das gleiche Erlebnis nur allzu gern gönnte. Sie grinste bei dem Gedanken und nahm sich vor, das Büfett im Auge zu behalten.

Sie drehte sich um und blickte in den Saal auf ein Weizenfeld aus herausgeputzten Menschen, das hin- und herwogte im Wind der Unterhaltungen. Ein prächtiges Bild. Gläser klirrten, leise Musik untermalte die Gespräche und an verschiedenen Stellen perlte Gelächter auf. Alles schien heute zu leuchten. Licht, das sich in Schmuckstücken fing, Stoffe, die bei jeder Bewegung schimmerten und Lippen, auf denen Farben wie Wasser glänzten. Das Gedränge vor der Bühne nahm allmählich zu. Immer wieder entstanden Lücken zwischen den Menschentrauben, und der Boden aus illuminiertem Glas war zu sehen. Klar wie Bergkristall, an manchen Stellen verquirlt mit Glas in zartem Türkisgrün, trug er in seinem sieben Zentimeter dicken Inneren feinste Luftbläschen. Sie streuten das Licht in alle Richtungen. Schaute man zu lange darauf, schien die Fläche sich in Wellen zu bewegen, als würde man durch Wasser waten. Ein Kellner eilte an Sona vorbei, umrundete eine mannshohe Zimmerpflanze und befreite sie von einem leer gegessenen Teller, der zwischen ihre Wedel gesteckt worden war.

Immer mehr Frauen, die an diesem Tag zu Mentorinnen ernannt werden sollten, erklommen die Bühne. Die meisten hatte sie noch nie gesehen.

Sie war froh, dass sie heute nicht im Rampenlicht stand. Als Zuschauerin konnte sie die Zeit mehr oder weniger unbehelligt absitzen.

Nein, nicht absitzen, sie würde sich die Reden mit essen vertreiben. O ja! Das war das einzig Gute an diesen förmlichen Festen, ein üppiges Büfett, so weit das Auge reichte. In Sesam gewälzte und frittierte Meerbarben, mit Rosenblättern gespickte Lammfilets, gebutterte Kartoffelkugeln mit Rosmarin, zu Mustern geschichtete Platten mit grünen, orangen, weißen, gelben und roten Gemüsesorten, süßes Gebäck, herzhafte Currys, aromatische Soßen, zu kleinen Kunstwerken geformte Häppchen in den erstaunlichsten Farben. Eine Gebirgslandschaft aus Speisen. Ihr wurde von der Vielfalt ganz schwindlig. Das Büfett war unüberschaubar.

Auch wenn ihre knochige Gestalt das Gegenteil vermuten ließ, sie liebte Essen! Ihrer Mutter war das schon immer peinlich gewesen.

Während andere Kinder ermahnt wurden, brav zu sein, wenn sie bei Freunden eingeladen waren, bekam sie stets zu hören: *Kind, beherrsche dich um Himmels willen, und iss nicht so viel!*

Bei dem Gedanken daran musste sie lächeln und biss genussvoll ein riesiges Stück von ihrer Blätterteigpastete ab. Mit dem Handrücken wischte sie sich die herausquellende Füllung aus den Mundwinkeln. Mmmm … Pistaziencreme. Lecker!

Wie ordinär!

Der schrille Gedanke der neben ihr stehenden Alpha durchdrang sogar Sonas Schutzschild. Er war begleitet von einer empathischen Wolke aus Missbilligung. Ungerührt fuhr sie mit dem Verzehr der Pastete fort. Das war sie längst gewöhnt.

Sie war Telepathin. Keine Besonderheit auf Tellur, denn die gesamte Bevölkerung des Planeten war telepathisch veranlagt. Aber in den Rang einer Alpha zu kommen, gelang nur den Wenigsten. Erst recht nicht in so jungen Jahren.

„Wie ist es Ihnen gelungen, den Alpha-Status zu erreichen? Haben Sie eine Erklärung dafür?“ Wie Hagelkörner waren die Fragen der Journalistin damals auf sie eingeprasselt. Über Nacht war sie zur Sensation geworden.

„Ich habe ihn erreicht, das sagt das Testergebnis“, hatte sie geantwortet, sich mental komplett eingekapselt, als könne sie damit die Fragen abwehren.